Collection Littératures

DU MEME AUTEUR

Aux éditions Antidata
Dans l'attente d'une réponse favorable, 24 lettres de motivation, 2011.

Chez Zinc éditions
Green Spirit, 2011.
Les Evadés du musée, 2011.
Blup, 2015.

Aux éditions du Sonneur
Le roman de Bolaño (avec Éric Bonnargent), 2015.

Les lettres reçues par Sam ont été publiées chez Zinc Editions sous le nom *Green Spirit*. Illustrées par Aliona Ojog, elles sont disponibles dans la collection « Les polars épistolaires » et ont été légèrement modifiées par rapport à celles qui apparaissent dans ce roman.

MARCHAND, Gilles. Une bouche sans personne.

ISBN : 978-2-37305-013-4
ISSN : 2101-7697
Dépôt légal : 1ère édition, : août 2016.
Couverture : Elena Vieillard.
www.elenavieillard.fr
Correction et mise en page : studio Asphalte.

Les Éditions Aux forges de Vulcain bénéficient pour leur diffusion et leur commercialisation d'un partenariat avec les éditions Anne Carrière.

Les Éditions Aux forges de Vulcain
212 rue Saint-Martin
75003 Paris
www.auxforgesdevulcain.fr

Une bouche sans personne

GILLES MARCHAND

LES ÉDITIONS AUX FORGES DE VULCAIN

À mes grands-parents,
À mes parents,
À mes frères,
À Milo et Elliot

« Les choses que tout le monde ignore et qui ne laissent pas de traces n'existent pas. »

Italo Svevo, *La Conscience de Zeno*.

CHAPITRE
O

J'ai un poème et une cicatrice.

De ma lèvre inférieure jusqu'au tréfonds de ma chemise, il y a cette empreinte de l'histoire, cette marque indélébile que je m'efforce de recouvrir de mon écharpe afin d'en épargner la vue à ceux qui croisent ma route. Quant au poème, il me hante comme une musique entêtante, ses mots rampent dans mon crâne d'où ils voudraient sortir pour dire leur douleur au monde. Poème et cicatrice font partie de moi au même titre que mes jambes, mes bras ou mes omoplates. Je ne me sens pas tenu de les examiner pour savoir qu'ils existent. J'ai seulement appris à essayer de les oublier.

Voilà pour mon armoire à souvenirs. J'ai pris soin de la cadenasser solidement et, la plupart du temps, cela marche. C'est la seule solution pour rester, à ma manière, assez heureux. Mais les cadenas sont fragiles et il est impossible d'oublier une cicatrice lorsque celle-ci fait office de masque que l'on ne peut retirer.

CHAPITRE 1

De la buée sur la vitre. Difficile de voir à l'intérieur.

Il n'y a encore personne. Des bougies sur les tables, éteintes pour la plupart. Une odeur de tabac froid et de bière, un peu de transpiration et peut-être un zeste d'humidité. Comme chez moi, la peinture des murs se craquelle, elle devait être blanche à l'origine. Ou jaune, difficile de s'en faire une idée chromatique précise. De vieilles affiches de cinéma sont punaisées aux murs, la plus grande est celle de *Forbidden Planet* : une espèce de robot, bonhomme Michelin noir et légèrement effrayant, qui porte dans ses bras une jeune femme. En arrière-plan, des montagnes, une planète avec un anneau et une soucoupe qui, bien que posée sur le sol, ressemble à l'idée que l'on se fait d'une soucoupe volante. La femme est blonde et il faut y regarder à deux reprises pour être certain qu'elle est vêtue. Chaque fois que mon regard croise cette image, je ne peux m'empêcher de vérifier que la robe est toujours en place.

Sur les tables, les cendriers sont pleins, débordants parfois sur les ronds dessinés par les fonds de verres. Les chaises bancales sont bien en place, tout comme le parquet rayé et un vieux parapluie oublié dans l'entrée il y a deux ans. Personne n'est revenu le chercher et personne n'ose jamais le récupérer, y compris lorsqu'il pleut des cordes. Il fait partie de la décoration, au même titre que l'affiche ou la vieille horloge qui ne fonctionne plus. Dans le fond de la salle, une autre affiche : organisation d'une tombola, il y a dix ans. La date est à moitié effacée, mais c'était en 1978 ; elle est moche et sans intérêt. Je suppose qu'elle est là simplement parce que personne ne l'a décrochée.

Lisa est au comptoir. Comme dans les films où les femmes sont au comptoir, comme dans les photos où les femmes sont au comptoir, comme dans les tableaux où les femmes sont au comptoir : un torchon à la main, elle essuie le bar. Perdue dans ses pensées, elle ne m'a pas vu. Je l'observe de trois-quarts arrière. Sa nuque, une mèche de cheveux qui lui tombe sur l'épaule, ses bras qui bougent au rythme du torchon. Je reste silencieux pour profiter de l'instant. Un vieux morceau passe dans la sono. Elle s'appuie sur son coude et souffle, manifestement épuisée.

Dans son dos, son chemisier épouse les formes de son corps, faisant apparaître très légèrement les reliefs de ses vertèbres, dessinant de fines empreintes, comme celles laissées par l'eau et le vent sur le sable. De petites vagues régulières qui me bercent le regard et sur lesquelles je rêverais d'aller me reposer.

Je me racle la gorge, c'est une valeur sûre pour manifester sa présence. Elle se retourne et sourit. Elle passe sous la lampe qui tangue au-dessus du bar au rythme des allées et venues du ventilateur toujours allumé, quelle que soit la température. Sous la lumière, elle est encore différente. Lasse et heureuse. Belle et triste. Jamais je ne parviens à savoir ce qu'elle est vraiment.

« Tu es le premier, me dit-elle.

– Je vois... Il est tôt.

– Tard ou tôt, c'est comme on l'entend.

– Brassens ?

– Non Daho.

– Ah.

– Désolée, je ne suis pas très forte en citation.

– Elle est pas mal celle-là.

– Oui... enfin, c'est Daho.

– Tu n'aimes pas ?

– J'ai rien contre.

– Pareil. Rien pour non plus. Je suis pas fan des années 80.

– Moi non plus. Laissons-les se terminer et on en reparle.

– Café ?

– Café. »

Elle allume le percolateur, qui laisse échapper une volute de vapeur sifflante tandis qu'elle tape le marc sur un socle en bois, mélodie 100 % arabica. L'heure étant trop avancée pour un café, elle prend soin de me l'allonger d'un trait de whisky. Une sorte d'irish coffee sans tout le tralala. Il doit y avoir un nom pour ça. Ici, on appelle ça un café.

Un vent froid vient me caresser les épaules. Je guette un frisson dans le dos de Lisa. Il ne vient pas. Une autre fois peut-être, les frissons ne prennent pas rendez-vous et ne préviennent pas de leur arrivée, c'est ce qui fait leur charme. La porte est ouverte. Sam nous fait un signe de la main en posant son manteau sur le dossier d'une chaise. Il retire ses lunettes embuées et les essuie avec le bas de sa chemise. Peu satisfait du résultat, il souffle sur les verres. Petite grimace, léger sourire.

« Bonsoir.

– Salut Sam. Café ?

– Café. »

Sam n'a jamais été un forcené de la parole. On se connaît depuis pas loin de dix ans, peu de temps après que l'affiche de la tombola a été posée. Nous nous sommes rencontrés ici. Par hasard. Une rencontre de noctambules comme une autre. Une averse soudaine, une enseigne lumineuse, un bar ouvert, une serveuse jolie et discrète, du café. Il ne nous en fallait pas plus.

Nous y avons pris nos habitudes. Pas tous les soirs au début, mais trois, quatre fois dans la semaine. Nous nous posons, nous écoutons de la musique, nous jouons à la belote. Nous fumons. Parfois nous discutons, mais ce n'est pas une obligation.

Nouveau courant d'air. Lisa ne frissonne toujours pas. Elle prépare déjà le percolateur encore chaud. C'est Thomas. Plus âgé, une bonne soixantaine. Quand il était jeune, il n'y avait pas tant de Thomas, nous avait-il dit pour s'excuser, le premier jour. Pas le jour de la pluie : un autre, plus tard. Il venait de visiter un appartement dans le quartier et voulait goûter son atmosphère nocturne. Finalement, il n'avait pas pris l'appartement mais avait trouvé autre chose dans la même rue que le café de Lisa, à peine quelques semaines plus tard. Beaucoup plus bavard, Thomas, prêt à se lancer dans la moindre conversation. Il a une culture qui paraît sans limite, a une curiosité à toute épreuve, est passionné de tout : musique classique, littérature, théâtre, art contemporain. Et si jamais quelqu'un le lance sur les Jeux olympiques de

Rome en 1960, il saura certainement donner les noms dans l'ordre d'arrivée des huit finalistes du 100 mètres. Sa seule lacune, « le rock, la pop et leurs frères et sœurs électrifiés », comme il les nomme. Pour lui, la musique n'a pas besoin d'amplificateur.

À une époque, il tenait une papeterie, qu'il a vendue en pensant trouver un autre commerce à reprendre. Il n'a jamais rien trouvé, mais n'a jamais vraiment cherché. Depuis, il lit et travaille à un roman dont, étonnamment, il ne parle quasiment jamais.

Il s'assoit sans prendre la peine d'enlever son manteau. Un long manteau gris qu'il porte en permanence. Quelle que soit la saison, l'heure, ou son activité, il a son grand manteau gris. C'en est assez rassurant. Un bon vieux vêtement pelé. Un bonnet et une barbe. Une sorte de père Noël d'avant le technicolor. En plus mince. Manquent aussi les rennes et une dizaine de lutins. Disons un père Noël en civil qui aurait fait un régime et irait se prendre un café avec des amis.

Le premier son que l'on entend lorsque Thomas arrive est celui de son briquet. Farfouillant au fond de ses poches, il en ressort un Zippo rouillé qui fonctionne encore par je ne sais quel miracle. Le *clac* de l'ouverture, le bruit de la pierre, l'odeur de l'essence, la cigarette qui s'embrase et le nuage qui arrive enfin. Une bouffée avant toute parole. C'est le signal du départ. Sam et moi sortons nos paquets et la pièce se voile de gris bleu. Même Lisa, derrière son comptoir, ne résiste pas. « La première de la soirée. » C'est comme une cérémonie : la première toujours au Zippo de Thomas.

« Café, Thomas ?

– Café ! Alors cette journée, Lisa ? Tu as eu du monde ?

– Mouais, une petite journée... »

Toujours pas de frisson pour la quatrième ouverture de la porte. Lisa ne doit jamais avoir froid. Elle doit être équipée d'un système d'autorégulation thermique offert par un client du futur. Le robot de l'affiche. Il faudrait que je me renseigne pour savoir si l'héroïne de *Forbidden Planet* a des frissons.

C'est un vieil homme qui vient d'entrer. Il parle tout seul. Une sorte d'habitué, mais pas d'ici. Un habitué d'ailleurs.

Lisa nous dépose un plateau.

« Café, sucres, cuillères, cendrier, tout y est messieurs, vous pouvez recompter. »

Sam la regarde amoureusement. Thomas la regarde amoureusement. Je baisse les yeux. J'inspire à fond pour tenter de capter quelques effluves de son parfum. Petit plaisir que je m'autorise et qui n'engage à rien, avant qu'elle ne file dans la réserve.

Je ne la regarde jamais de trop près. Je n'ose pas. Thomas et Sam me l'ont d'ailleurs fait remarquer à plusieurs reprises, me taquinant sur mes sentiments à son égard. Ces derniers sont limpides. Je considère Lisa comme une amie. Une amie dont je suis amoureux. Un amour confortable et que je peux me permettre. Elle est belle, elle est intelligente, elle est souriante, elle n'est pas pour moi. Je ne joue pas à faire semblant, je n'attends rien d'autre que son amitié, je ne revendique rien de plus que ce qu'elle veut bien offrir. Je suis en amour comme dans mon travail : je me protège, je cultive ma bulle. L'ambition est un concept qui m'est totalement étranger dans ces deux domaines. Ma jeunesse et mon adolescence ont été assez formatrices et j'ai vite compris que ma vie amoureuse et ma vie sociale ne seraient pas exactement celles d'un roman Harlequin. Pour le boulot, j'ai choisi le cadre strict et rassurant des chiffres, un monde que je peux contrôler, sans réelles surprises, sans confrontations quotidiennes avec des hommes et des femmes qui me dévisageraient, des situations qui m'échapperaient et auxquelles je devrais m'adapter. Les chiffres resteront toujours des chiffres, et avec moi les opérations sont bien gardées. Pour ma vie affective, le principe est le même, quitte à vivre seul, autant avoir la rêverie agréable : j'ai choisi Lisa pour mes fantasmes d'affection. Quant à mes amis, ils sont tous assis, là, dans ce bar. Cela me convient parfaitement. Alors, quand la porte de la remise claque et que Lisa vient remplir de whisky nos tasses à café encore chaudes, je ne la regarde pas. La proximité entraînerait la tentation. La tentation engendrerait la frustration. Je fixe l'affiche *Forbidden Planet*. La planète interdite, c'est un bon résumé de ma vie. Le tout est d'en avoir conscience et de parvenir à s'en satisfaire.

Boire mon café sans imposer à mon entourage le spectacle du bas de mon visage est toujours un exercice périlleux. Le geste doit être précis et rapide sans laisser aucun espace à l'improvisation : j'approche la tasse de mes lèvres et abaisse mon écharpe de quelques centimètres durant les maigres secondes nécessaires à l'écoulement du liquide dans ma gorge. Mais ce soir, l'écharpe ne s'est pas abaissée à temps. Ou la tasse est arrivée trop vite. Je ne peux m'empêcher de pousser un cri. Le café s'écoule dans mon cou, imbibe mon écharpe tandis que la tasse va se briser sur le sol, après un rebond sur la table et un autre sur mon genou gauche.

Après trois à quatre secondes de silence, Sam me demande si je me suis brûlé, Lisa part à la recherche d'une serviette, Thomas se contentant d'un « eh ben » que je ne parviens pas totalement à décrypter.

Enfermé dans les toilettes, je procède à un rapide bilan des victimes : mon pantalon et ma chemise ont été miraculeusement épargnés, mais mon écharpe ne se relèvera certainement pas de ce terrible accident, elle a pris pour les autres, offerte en sacrifice. J'essuie du mieux que je peux, mais il n'y a rien à faire, la soirée sera plus courte que prévue. Le tissu, en s'imprégnant du liquide, a perdu toute sa forme, a pris du poids et pendouille négligemment en révélant mon menton et une partie de mon cou. Je remonte le col de mon pull au maximum et maintiens l'écharpe d'une main en sortant des toilettes.

Alors que je m'apprête à prendre congé, je remarque que Lisa a déposé une nouvelle tasse sur la table. Je la remercie mais, montrant de ma main libre l'état de mon écharpe, lui explique que je dois rentrer. Sam et Thomas insistent pour que je boive au moins mon café.

Thomas appuie ses deux coudes sur la table et me regarde, à la fois gêné et décidé.

« Pourquoi n'enlèves-tu pas cette foutue écharpe ? »

Silence. Il continue à me regarder dans les yeux tandis que Sam s'efforce de prendre un air dégagé. Ce n'est pas la première fois qu'ils m'interrogent à se sujet. Depuis le premier jour, ils me disent que je peux la retirer. « Il fait chaud dedans », « Tu auras froid en sortant », « On est entre amis, tu n'as rien à craindre »... Ils sont revenus plusieurs fois à la charge sans trop insister et finissant par s'excuser de se mêler de ce qui ne les regarde pas. Je n'ai jamais cédé. Il n'y a pas de négociation possible, parce que je n'ai rien à y gagner. Et on ne négocie pas avec ses amis.

Pourtant, ce soir, c'est différent. Il y a autre chose. Pas de la pitié, mais quelque chose qui flotte dans l'air, entre le comptoir, la réserve, notre table et la porte d'entrée. Quelque chose qui joue avec la fumée de nos cigarettes, qui voile leurs regards et fait vibrer leurs voix d'un timbre que je ne parviens pas à identifier. J'ai bien envie de leur demander ce qui se passe, optant pour la formule la plus efficace en ces circonstances :

« Qu'est-ce qui se passe ?

– Rien, pourquoi ?

– Mais si, je le sens bien. Il y a comme une odeur. Vous savez, ces odeurs décrites dans certains livres, ces odeurs indéfinissables dont on ne sait jamais si elles existent ou s'il s'agit de simples figures de style, comme celle de la peur ou celle de l'argent. Un truc qui passe et que je n'arrive pas à saisir.

– Une odeur errante ? » Sam est mal à l'aise et commence à remuer sur sa chaise.

« Vu la description, je dirais plutôt rôdante, ajoute Thomas.

– Non, mais la nature de l'odeur n'est pas le sujet. Qu'est-ce que vous avez conspiré ?

– Mais rien, il n'y a ni conspiration ni mystère ni odeur indéfinissable, on a juste envie que tu restes avec nous ! Tu ne vas pas partir uniquement parce que tu as taché ton écharpe !

– Je reviendrai demain, ne vous inquiétez pas. Vous êtes embêtés parce que vous m'avez préparé un anniversaire surprise et que mon départ gâche la fête ?

– C'est ton anniversaire, aujourd'hui ?

– Non... mais vous auriez pu prévoir une petite fête en vous trompant de date.

– C'est quand ton anniversaire, d'ailleurs ?

– Peu importe.

– Peu importe. C'est fou ça, dès qu'on parle de toi on y a droit : "peu importe".

– Désolé.

– Non, non, tu n'as pas à être désolé. C'est juste... comment dire ? Un peu déroutant. Pour tout te dire, on en parlait hier après ton départ...

– Vous parlez de moi dès que j'ai le dos tourné ?

– Bah... on parle de tout le monde quand tu as le dos tourné.

– Bref... Vous disiez quoi ?

– Ça : "peu importe, peu importe, peu importe". Ça fait quoi, dix ans qu'on se connaît, non ?

– Neuf ans. C'était en 1979.

– Quelle mémoire ! Neuf ans... Et on ne te connaît pas.

– Bien sûr que si !

– Bon OK : tu es comptable, tu mesures autour d'un mètre quatre-vingts. Tu aimes les livres, les Beatles et la belote, et tu ne quittes jamais ton écharpe. C'est tout ce qu'on sait !

– Il n'y a rien d'autre d'intéressant à savoir.

– Rien que tu veuilles dire, plutôt. Note bien : on ne t'oblige à rien. On se voit, on boit, on fume, on déconne, on tape le carton. Ça nous va très bien. Mais c'est juste que... Par moment tu es ailleurs. On ne te saisit pas. Dès que la conversation devient sérieuse, tu glisses, tu fuis. »

C'est la première fois que l'une de nos soirées prend un tour comme celui-là. Je ne sais ni quoi dire ni quelle attitude prendre. J'envisage l'option de balancer la table, de faire voler les tasses et de partir en claquant la porte. Évidemment, je m'abstiens. Lisa n'est pas pour rien dans ma retenue, c'est elle qui serait la plus embarrassée. Et puis la porte est équipée de ce système mécanique qui l'empêche justement de claquer. Ma sortie, pour théâtrale qu'elle pourrait être, serait un tantinet loupée.

Surtout, je n'arrive pas à leur en vouloir. D'autres qu'eux auraient certainement mené un interrogatoire depuis bien longtemps, m'auraient harcelé de questions, se seraient agacés de mes silences, de ma retenue permanente. Eux sont toujours restés respectueux, et quand ils se décident à me questionner ce n'est pas pour satisfaire un instinct voyeur. Ils restent pudiques, parlent doucement, cherchent mon regard que je m'applique à dissimuler. Je ne veux pas qu'ils voient ma colère qu'ils ne méritent pas. Je ne veux pas qu'ils remarquent mon trouble.

Je fais un signe de la main à Lisa et serre celles de Sam et Thomas. Ils s'excusent, me demandent de rester, m'expliquent que les questions sont terminées et que peu importe ce que je veux garder secret, ils m'acceptent comme je suis avec mes silences et mon écharpe.

CHAPITRE
2

L'espace d'un instant je suis tenté d'enlever mon écharpe et de la jeter dans le caniveau. Mais je n'ose pas. À la manière d'un joueur de foot qui a manqué un penalty, je revis en boucle ce moment où la soirée a basculé, lorsque le contenu de la tasse est passé à quelques centimètres de sa cible. Je marche sans fin, prenant les rues au hasard pour me calmer, pour penser à autre chose, parce que marcher sans fin au milieu de la nuit me paraît être la seule option qui s'offre à moi.

Ma déambulation me conduit devant un bar d'où s'échappe un bruit infernal. Je ne sais pas ce qui m'y pousse, moi qui suis tant réfractaire à ces lieux de vie nocturne, mais je passe le seuil sans la moindre hésitation. Mes yeux mettent un certain temps à s'habituer à l'obscurité, mais je parviens à me diriger vers la seule table disponible tout au fond de la salle. Les gens crient, parvenant difficilement à s'entendre par-dessus la musique. Je commande un whisky pour noyer le bilan de ma vie sociale.

Je suis comptable. Je compte, je recompte, je décompte... Des colonnes de chiffres dont je remplis des feuillets dont je remplis des classeurs dont je remplis des étagères métalliques. Tout ça est très précieux. C'est tout au moins ce dont j'essaie de me convaincre. Quand un interlocuteur me demande ce que je fais dans la vie, il change irrémédiablement de sujet dès qu'il a pris connaissance de la terrible nouvelle : je suis comptable. Un métier en forme de maladie honteuse. Bien sûr, il y a les plaisanteries d'usage : « Et tu comptes quoi ? » La première fois, j'ai souri, la deuxième également. Et sans vouloir réécrire l'histoire, je pense être à peu près certain d'avoir fait l'effort les troisième et quatrième fois. La patience n'étant pas ma plus grande qualité, je suis passé dès la cinquième à un demi-sourire se résumant à la contraction de la commissure gauche de mes lèvres. À la dixième, j'ai adopté un regard glaçant que je maîtrise à présent à la perfection.

Il m'est arrivé de me sentir d'humeur badine, et de répondre : « Je compte quoi... et bien c'est une excellente question... » Et je pars pour la demi-heure la plus longue de la vie de mon interlocuteur. C'est assez jouissif d'observer le regard de celui qui ne comprend pas que son trait d'esprit ait pu être pris au sérieux : son expression passe de la surprise à l'ennui, puis à l'effroi lorsqu'il prend conscience que je peux faire montre d'une endurance insolente. Quand je suis dans un bon jour, je peux tenir une heure et demie sur le sujet, le secret étant de couper systématiquement la parole afin d'anéantir tout espoir de changement de conversation. Un débit non-stop appuyé de données chiffrées (ne jamais négliger les chiffres après les virgules), d'anecdotes à base de calculatrices ou de règle de trois, et la liste exhaustive des manuels dont j'estime la lecture indispensable pour devenir un bon comptable. Si ça ne suffit pas, je raconte ma journée.

Expliquer mon métier est un excellent moyen de ne plus être invité à tort et à travers. Finis les repas et les pots obligatoires sous prétexte que l'on fait plus ou moins partie de la même énorme entreprise. « Et toi tu fais quoi ici ? Je ne crois pas t'avoir déjà vu. – Je suis comptable. – Et tu comptes quoi ? » Mauvaise pioche mon bonhomme... Je suis devenu le mauvais convive, le raseur, mais j'ai gagné en tranquillité. Je suis rentré dans la boîte alors que j'avais à peine dépassé la vingtaine et à présent que ma quarantaine a déjà dépassé son mitan, j'ai acquis l'expérience nécessaire à l'obtention d'un environnement professionnel d'ascète.

Il semble aller de soi que l'on s'entende bien avec ses collègues, que l'on s'épanouisse dans son métier. Que l'on considère le monde de l'entreprise comme une grande famille, une grande fraternité ou mieux : une tribu. Avec ses rites de passage, ses célébrations et ses évènements que l'on partage dans une grande communion bureaucratique, administrative ou commerciale. Je ne critique pas le système, personnellement, je passe ma journée sur des cahiers remplis de chiffres et de dates, le tout bien ordonné en colonnes et en lignes. Mon bureau doit faire dix mètres carrés et lorsque j'en sors, ce n'est pas dans l'espoir de me créer un nouvel ami, un gobelet de café ou une coupe pétillante à la main. J'y entre le matin, j'en sors le soir. Aussi étonnant que cela puisse paraître, je parviens très bien à boire un café seul, à fumer une cigarette seul et à griffonner dans mes carnets seul.

N'allez pas croire que je sois agoraphobe ou misanthrope. D'ailleurs, la plupart du temps, mes collègues ne tiennent pas non plus à ma présence. À une ou deux exceptions près, ils ont du mal à me regarder lorsqu'ils me parlent. Ils se demandent ce que je dissimule sous mon écharpe. Ils tentent bien de se comporter comme si de rien n'était. Sans succès. Ils s'efforcent de me regarder dans les yeux, mais leurs pupilles fixent un point situé quelque part entre mes sourcils et la racine de mes cheveux. « Pas plus bas, pas plus bas » : j'entends résonner cette petite phrase entre les parois de leur boîte crânienne, au milieu de leurs souvenirs d'école de commerce, de communication, de marketing, et que sais-je encore.

Alors, plutôt que de faire semblant, j'esquive.

Les relations sociales ne sont pas si compliquées.

Un peu comme ici, dans ce bar où je n'avais jamais mis les pieds, où l'obscurité et la fumée des cigarettes m'offrent un masque provisoire. Personne pour me demander ce que je fais là, quel est mon métier, si j'ai des enfants ou ce que je cache derrière mon écharpe. La solitude en plein cœur de cette foule qui ne cesse de grossir, de parler, de crier, gronder et chanter. La musique a monté d'un cran. Les consommateurs sont obligés de mimer leurs commandes et, si cela ne suffit pas, ils montent sur le zinc du comptoir pour se faire comprendre. Étrange sensation d'être dans ce bar que je ne connais pas, dans ce bar où je ne suis pas un habitué, dans ce bar où l'anonymat des estropiés de la vie est encore possible, dans ce bar où parmi les droits inaliénables du client figure celui de monter sur le comptoir pour passer commande en hurlant. Alors je fais comme tout le monde, je hurle ma commande. Ma voix est couverte par la musique qui a encore gagné en volume et j'aperçois de l'autre côté de la salle des musiciens qui soufflent comme des possédés dans leurs trombones, dans leurs trompettes et leurs tubas. Des ombres dont la seule lumière est émise par l'éclat de leur cuivre. Hommes et femmes dansent comme des derviches tourneurs devant eux. On ne fait plus la différence entre les musiciens, les danseurs, les ivrognes et les serveurs. Les tables sont écartées, les chaises empilées, les verres remplis, vidés puis remplis dans un mouvement que rien ni personne ne semble pouvoir arrêter. Les musiciens soufflent de plus en fort, font trembler les murs et danser la mousse sur le sommet des verres. Des baguettes sont distribuées, et les ombres tapent sur tout ce qui offre un maximum de résonance : les tables en formica, le comptoir, les radiateurs en fonte, le couvercle de la poubelle en métal.

Ici le client est roi, ici la boisson est reine.

Ici on oublie tout et on recommence.

Je sors, je respire. Je peux retourner au silence de la nuit.

CHAPITRE
3

Il fait froid. C'est ce que m'a affirmé ma boulangère qui a beaucoup de conversation. « Il fait froid... » Une information abrupte comme une dépêche de l'AFP. Sûre d'elle, le front plissé, elle n'a pas jugé utile de poursuivre plus avant. Hier, elle m'avait annoncé que c'était la crise de la farine et la veille que le prix des fraises allait descendre. Elle est comme ça, ma boulangère : elle a des informations mystérieuses qu'elle divulgue au compte-goutte. Une information par jour. Libre à chacun de la développer.

Cela dit, elle avait raison : il fait vraiment froid ce soir. De la vapeur s'échappe de la bouche de chacune des ombres qui arpentent le trottoir ; des arpenteurs fumants et volutants qui pressent le pas pour rentrer chez eux.

Lisa et la boulangère. Les deux femmes de ma vie, auxquelles il convient d'ajouter cette dame qui promène son chien toutes les nuits. Il faudra que je tente de lui dire bonjour. Elle aura peur, comme tous les gens à qui l'on dit bonjour la nuit : un pas de côté, la tête qui rentre dans les épaules et un trottinement fuyant et mal assuré. Parfois, elle a une cigarette allumée. Ou un journal qu'elle feuillette d'une main en marchant : on ne sait jamais, si je voulais lui parler, il faudrait bien qu'elle ait un prétexte pour esquiver le dialogue.

Lorsque je l'ai croisée avant de rejoindre mes amis, elle tenait son animal en laisse, fermement. Vêtue d'un grand imperméable et de bottes, la tête invisible sous son chapeau. À peine si l'on distinguait le reflet d'un réverbère sur un verre de lunettes. Je me suis demandé si elle mettait des lentilles pour aller travailler. Si je lui avais posé la question, elle m'aurait pris pour, dans l'ordre : un fou, un mendiant, un voleur, un assassin, un violeur. Je ne le saurai donc jamais. C'est dramatique.

Elle avançait lentement, peinant à traîner le canidé. Quoi de pire que d'avoir à sortir un chien lorsqu'on habite Paris ? Sortir un chien constipé. J'ai presque compati. Elle lui parlait, le pressait, le cajolait, le suppliait. A fini par l'engueuler. Pauvre chien, pauvre femme, pauvre couple, pauvre transit intestinal canin.

À présent, il y a beaucoup moins de monde dans la rue. En fait, personne. Les réverbères passent le temps en éclairant les trottoirs. Pas d'homme, pas de femme, pas de chien. Le désert parisien si rare, même la nuit.

L'ampoule de l'escalier éclaire par intermittence les murs lézardés, s'accordant parfaitement au délabrement familier des marches qui craquent et au vieux bois aux relents de moisi. La poubelle n'a pas été sortie. La concierge est morte il y a deux jours et personne n'ose la toucher. La poubelle, pas la concierge. Des hommes en noir sont venus ce matin, il y avait aussi de la famille.

Des frères ou des oncles, je n'ai pas fait trop attention, je n'ai pas posé de question. J'aurais dû être ému, je la connaissais depuis dix ans. Gentille comme tout, discrète, l'accent lusitanien chantant comme il se doit, efficace. Elle se plaignait de ses rhumatismes et de sa famille qui ne venait jamais la voir. Elle ne se plaint plus de ses rhumatismes et toute sa famille a fait le déplacement, et élégamment vêtue avec ça.

Je n'ai rien ressenti, mais le coup de la poubelle ça m'ennuie. Personne ne gère la situation. Moi pas davantage que les autres. Cela me ferait une bonne action. Pas de quoi devenir un saint, rien de réellement sensationnel comme si je me mettais à sauver des vies... mais une bonne petite action, c'est toujours ça de pris au cas où il y aurait un paradis. Sans se projeter aussi loin, peut-être que je me sentirais fier, heureux d'avoir agi pour les autres. Et pour moi. Le couvercle ne parvient plus à contenir les sacs bleus à moitié éventrés. À ses pieds, des bouteilles de vin vides. Quelques gouttes ont laissé des traces qui descendent le long des goulots. Je n'ose imaginer les nappes de mes voisins. À moins qu'ils n'aient ces petits dessous de bouteilles. On en trouve avec des tours Eiffel ou des Sacré-Cœur dessinés dessus. Du meilleur goût, ils font le bonheur de ces hordes de touristes qui ne savent plus quoi acheter mais qui n'envisagent pas une seconde de revenir chez eux les mains vides. J'en ai un lot chez moi, je n'ai rien contre les hordes de touristes et je n'ai jamais revendiqué un raffinement irréprochable.

Glissant ma clef dans la serrure, je me dis que c'est trop tard. Demain, si elle est encore là, promis, je m'en occupe. De toute manière, ça ne peut plus durer. Les rats, les souris vont bien finir par arriver et je n'ai pas d'affection particulière pour les rats, les souris. Je ne les déteste pas non plus. J'ai le même type de rapport avec les rongeurs qu'avec mes collègues, même s'ils sont moins esclaves des conventions sociales. Je m'imagine tel le joueur de flûte du conte, les guidant jusqu'à la Seine. Les regards des passants braqués sur mon cortège. On me lancerait certainement des pièces. Je suis sûr que les enfants adoreraient. J'essaierai.

Quand les rongeurs auront daigné s'intéresser à ma poubelle.

Quand je saurai jouer de la flûte.

Quand les rats deviendront mélomanes.

Le courrier empilé, ma tasse à café sur l'égouttoir, quelques livres éparpillés sur le sol, ma petite vie aux repères immuables.

J'enlève enfin mon écharpe que je roule en boule en entrant dans la pièce du fond, celle où je ne pénètre qu'une fois par semaine. Des rangées de cages face à moi, toutes pleines à craquer. J'ouvre l'avant-dernière et y fourre le tissu imbibé de café, sans tenir compte des gémissements de celles qui s'y trouvent déjà. C'est ici que je me déleste de leur poids, que je les enferme pour qu'elles gardent avec elles le secret de ma peau. Simple superstition mais je ne parviens pas à les jeter à la corbeille, comme si en m'en débarrassant, je prenais le risque qu'elles divulguent ce que je prends soin de garder pour moi depuis si longtemps.

Malgré l'heure, je crève de faim. Je cherche en vain une casserole propre, finissant par me résoudre à passer un coup de torchon dans une de celles qui s'empilent dans l'évier. J'allume le gaz et mets de l'eau à chauffer pour les pâtes. Ce n'est qu'une fois que l'eau bout que je me rends compte que je n'ai pas de pâtes et me résigne à y mettre un sachet de thé. Moins nourrissant mais mieux que rien.

CHAPITRE 4

Je me réveille avec un goût amer dans la bouche. Ce goût ne me quitte pas de la journée. Ils ont sans doute raison, mes amis. J'y pense dans la salle de bain. J'y pense dans le métro. J'y pense à mon bureau.

Mon écharpe me gratte. Pourtant elle est en coton. Comme les autres. Comme toutes celles qui sont dans les cages. Comme celle que je portais hier. Je glisse ma main dessous. Doucement. Discrètement, les yeux baissés, comme les enfants qui imaginent qu'en plaçant une main devant leurs yeux, ils deviennent invisibles.

L'impression d'être lâche, de faire des cachotteries.

Oui, mais où est-ce que cela me mènerait de tout raconter ? Personne n'est obligé de faire le récit de sa vie à ses amis et j'ai toujours estimé que l'on pouvait se contenter des instants partagés ensemble.

Après tout, pendant neuf ans nous n'avons pas manqué de sujets de conversation : politique, foot, alcool, tabac, musique, cinéma pour ne citer que nos domaines de prédilection. Pourquoi bouleverser cet équilibre ?

Lisa, Sam, Thomas. Combien de parties de belotes avons-nous faites ? Combien d'heures avons-nous passées ensemble ? Combien de conversations, de silences, de rires ? Étonnante relation qui s'est nouée autour de nos seules présences dans ce café. Nous y sommes comme à l'intérieur d'une forteresse. Aucun d'entre nous ne s'en éloigne jamais. Ni en distance, ni en temps. Je ne veux pas m'exprimer au nom des autres mais, personnellement, je ne pense pas en être capable. Évidemment, pour Lisa, c'est différent. Elle nous dit parfois qu'elle aimerait un jour changer de décor, de métier et pourquoi pas de ville ou de pays. Elle ne se ferme pas la porte. Mais il est trop flagrant qu'elle est ici chez elle. Le café sans Lisa n'aurait plus de sens. Sam, Thomas et moi n'y reviendrions plus. Il nous arrive de parler de l'après, même si nous ne savons exactement de quel après. Une espèce de monde parallèle où ce café n'existerait pas. Autant dire l'enfer.

Pour autant, nous ne nous connaissons pas si bien. Je n'ai jamais mis les pieds chez Thomas et n'ai pas la moindre idée de ce qu'il peut raconter dans son roman. Quant à Sam, c'est à peine si je connais le nom de la femme qui a partagé sa vie durant plus de dix ans, et encore moins celui de l'entreprise où il passe ses journées. Eux ne m'ont jamais entendu parler de mes collègues de travail. Ils n'ont pas jugé utile de me dire : « Comptable ? Et tu comptes quoi ? » Nous n'avons pas eu besoin de savoir ce que nous faisons en dehors du café pour savoir que nous nous aimons.

Parfois, une information filtre. Nous la relevons. Ou pas. Nous ne cherchons pas à cacher quoi que ce soit. Ce n'est pas une question de honte, de mystère ou de pudeur. Disons que nous ne sommes pas là dans une relation sociale, nous ne sommes pas installés à une table de mariage, placés à côté d'un couple parce que la maîtresse de soirée a estimé que nous aurions des choses à nous raconter.

Personne ne nous a assis dans ce café. Personne n'a jugé utile de nous présenter. Personne n'a préjugé de notre degré de compatibilité sociale. Nous sommes ici parce que nous y sommes bien et qu'il n'y a que notre blabla à nous, jamais imposé. Je ne me souviens plus quels ont été nos premiers mots échangés. Je ne me souviens plus si nous avons mis du temps à les échanger. Je me souviens qu'il y avait Lisa. Ce doit être elle notre degré de compatibilité sociale.

N'allez pas croire pour autant que nous sommes une société purement superficielle. Il nous arrive... Il leur arrive de se confier sur des sujets plus graves, il leur arrive de parler de leurs cicatrices. Je me souviens de Thomas, le jour où il nous a parlé de ses enfants. Ses deux enfants qu'il n'a jamais eus. C'était au mois de septembre il y a de cela quelques années. Les rentrées scolaires sont toujours compliquées pour lui. Peut-être les seules fois où je vois ses yeux prêts à se remplir de larmes. Cela remontait à vingt ans, nous avait-il expliqué. Il avait eu un accident de mobylette. Renversé par une camionnette de livraison, à ce qu'on lui avait dit. Il n'en avait gardé aucun souvenir à son réveil trois semaines plus tard dans une chambre d'hôpital. Sa femme était à son chevet et la première question qu'il lui a posée a été « comment vont les enfants ? » Elle a cru qu'il plaisantait. Il ne plaisantait pas. Il était persuadé d'avoir deux enfants. Aidée par des médecins, elle avait fait preuve de beaucoup de patience et de douceur et avait fini par le convaincre, mais il ne s'était jamais fait à cette idée. Il connaissait leurs prénoms, il se souvenait les avoir changés, nourris, baignés. Il ne s'agissait pas d'un simple souvenir un peu flou, c'était bien plus profond que cela, solidement ancré dans sa mémoire. Depuis, il vivait un véritable deuil. Leur odeur lui manquait, leurs câlins lui manquaient, leurs rires lui manquaient, même leurs pleurs au milieu de la nuit lui manquaient. Il ne pouvait plus approcher un square ni une école, c'était trop dur, trop violent. Sa femme ne l'avait pas supporté et ils s'étaient séparés un ou deux ans plus tard parce qu'il ne pouvait pas s'empêcher de lui en vouloir de ne pas se souvenir d'eux. Ces enfants reviennent de temps à autre au cours d'une conversation : l'âge qu'ils auraient, la classe dans laquelle ils seraient. Parfois, il lâche un « j'adorerais y aller avec les gamins » avant de se reprendre, comme s'il se mettait une claque pour se réveiller. C'est un deuil d'autant plus difficile à tenir qu'il est indécent en comparaison de celui des familles qui le vivent réellement, mais il n'arrive pas à démêler ce souvenir de la réalité. Ce n'est pas un mauvais rêve, ce sont des images, des couleurs, des odeurs qui ont pris place au milieu de ses propres souvenirs. Il lui arrive d'ailleurs de douter de certains autres de ses souvenirs, il ne fait plus confiance à sa mémoire.

Pour la première fois de ma vie peut-être, ma concentration professionnelle se relâche. L'épisode de la veille a créé une fissure. Je n'aime pas cette brèche, je n'ai pas l'intention de m'y engouffrer, pas au bureau en tout cas. Je suis face à des colonnes de chiffres, comme tous les matins, comme tous les après-midi, comme tous les jours, comme toutes les semaines, comme tous les mois, comme tous les ans. Et ça recommence, bonne année, meilleurs vœux, la comptabilité est morte, vive la comptabilité.

La porte est fermée. Le téléphone ne sonne pas. J'additionne, je vérifie, j'annote, je classe. Recettes, dépenses, salaires, factures et notes de frais. Je suis au centre de tout, je suis dans le moteur de l'entreprise, je suis *le* moteur de l'entreprise, je suis important, je suis hyper important, je n'ai pas droit à l'erreur, je suis le socle sur lequel tout repose, la base inébranlable, le roc. C'est tout au moins comme cela que m'a été vendu le poste au cours de mon premier entretien. Je n'ai pas de formation de socle ou de base inébranlable, et encore moins de moteur. J'accepte volontiers de faire semblant d'être important, voire hyper important. Je n'ai rien contre l'utilisation d'un vocabulaire emphatique. Mais aujourd'hui, les chiffres manquent cruellement de panache.

Je n'ai pas de fenêtres, les comptables sont des socles inébranlables sans fenêtres. Distraction impossible, à part celle des chiffres, ne nous plaignons pas. Nous sommes des démineurs, des bêtes de concentration, des bénédictins, des brodeurs arithmétiques. En gros, une succession d'énumérations en tout genre. Le comptable énumère, additionne et soustrait. Je suis comptable, je compte donc je suis.

Il y a un pot organisé aujourd'hui. Départ en retraite. Quelqu'un qui était ici depuis six ans et qui a beaucoup apporté, dit-on. Je ne l'ai jamais vu mais je suis invité. Tout l'étage est invité. On est passé avec une corbeille pour le cadeau d'adieu, en l'occurrence un vélo. Je n'aime pas les adieux mais j'ai donné, je ne suis pas courageux. J'ai donné mais n'ai pas l'intention de me rendre au pot. Il y aura un discours et peut-être des larmes, c'est toujours émouvant de recevoir un vélo lorsque l'on part à la retraite. On frappe à ma porte, discrètement, il faut frapper doucement si l'on ne veut pas que le comptable fasse une erreur de chiffres ; le comptable peut, de surcroît, devenir irascible s'il doit recommencer toute une série de calculs parce que l'on a commis l'erreur de le déranger en plein labeur. La tête d'un employé jovial passe par l'entrebâillement de la porte pour me signaler que le pot va commencer dans dix minutes. Il chuchote, exagère son articulation, pince une coupe imaginaire entre son pouce et son index. Ne pas me déranger, surtout ne pas faire de bruit, le message est bien passé. Je lève la tête et me replonge dans un dossier. Il revient quelques instants après, recommençant son mime et tapotant sa montre dans le même mouvement. Je lève la tête et me replonge dans une colonne de chiffres. Il revient une dernière fois. Ma tête reste plongée dans mes dossiers, noyée à tout jamais.

Je prends mes affaires, passe par l'escalier de service sans avoir pu éviter d'entendre les premiers mots du discours. C'est la règle, lorsque l'on s'en va, l'on raconte sa vie. C'est l'heure des bilans, c'est le moment où l'on doit dire à ses collègues tout ce qu'ils nous ont apporté. Les dernières paroles pour être certain d'avoir existé, les dernières paroles que l'on espère graver dans la mémoire de l'entreprise, le dernier souffle avant de n'être plus qu'un dossier dans les archives de la comptabilité. Le discours d'adieux c'est la main du noyé qui se dresse une dernière fois à la surface de l'eau parce qu'il sait que dans quelques instants si l'on parle encore de lui, ce sera uniquement au passé.

Une demi-heure de métro, la même demi-heure que tous les soirs, avec ses passagers titubants qui courent dans les couloirs et s'endorment dans les wagons. Ils ne se regardent pas, ils sont comme la dame au chien, ils ont trop peur qu'on leur adresse la parole. Ça me va parfaitement, je ne prends pas le métro pour me faire des amis.

Si dans quelques heures on parlera de ma collègue au passé, ma boulangère, comme toutes les boulangères, reste fidèle au seul temps qu'elle connaît : le futur. « Et avec ça vous prendrez », « ça vous fera cinq francs ». Quelle est la règle et d'où vient cette exception de conjugaison, ce privilège autorisant les boulangères à ne jamais utiliser le présent et à bénéficier d'une quasi-exclusivité sur le futur ? Se rendent-elles compte qu'elles plongent leurs clients dans les méandres parfois complexes de la concordance des temps ? Ils ne savent jamais s'ils sont, à leur tour, obligés de parler au futur ou s'ils ont une autorisation tacite d'utiliser le présent. D'ailleurs, dans la plupart des cas, il est acquis que les clients sont dispensés de toute forme de conjugaison. « Et avec ça vous prendrez ? – Une part de cette petite tarte au citron qui m'a l'air délicieuse, s'il-vous plaît. » Exception à la règle : si le client décide, contre toute attente, de se limiter à cette baguette qu'il est venu acheter, il a le droit à son tour d'utiliser le futur : « Ça sera tout ». Une utilisation du temps qui n'est en rien une promesse, il ne s'agit en aucun cas d'un engagement sur la durée. Le client peut revenir le lendemain et prendre la part de cette tarte au citron qui lui faisait de l'œil la veille. Et n'imaginez pas jouer au plus malin avec une boulangère, ne vous avisez pas de lui demander des précisions. Si, lorsqu'elle vous demande ce que vous prendrez ou lorsqu'elle vous dit que cela vous fera six francs, inutile de lui demander « quand ? demain ? dans deux jours ? » Inutile de lui préciser que ce soir vous n'êtes venu que pour la foutue baguette que vous venez de lui demander et que pour les jours à venir vous n'avez pas encore pris de décision ferme. L'effet tombera complètement à plat : elle vous adressera un regard vide et attendra patiemment votre monnaie ou la réponse à sa question. Vous finirez par être obligé de vous plier à sa règle, d'abdiquer vos principes de conjugaison durement acquis en cours élémentaire et de lui murmurer, penaud, « ça sera tout », défaite que, de mon côté, je n'ai jamais acceptée, luttant de toutes mes forces pour prononcer un simple « c'est tout » tout à fait correct mais heurtant les oreilles lorsqu'il est accolé à la question précédente.

La lutte est importante, mais les moyens pour la mener sont faibles ; les boulangères sont sacrées, on ne les attaque pas impunément.

Il fait encore plus froid qu'hier au soir lorsque je donne enfin un tour de clef à la porte de mon appartement. La poubelle est toujours en place. En ressortant, si j'y pense, je m'en occuperai. Il faudra bien s'y résoudre : les bouteilles sont recouvertes de nouveaux sacs entre lesquels on est quasiment obligé de se faufiler pour sortir de l'immeuble. Et l'odeur... Heureusement que la concierge n'est pas morte au mois d'août.

Mes écharpes s'agitent dans la pièce du fond. Je les entends gratter les parois de leurs cages, tenter de se glisser par les interstices des grilles. Mais le maillage est trop fin, elles n'y parviendront pas. Comme des serpents agglutinés au fond d'une oubliette, elles ondulent et crissent. Des années de souvenirs enfouis qui attendent que je baisse la garde. Je ferme la porte à double tour et dévale les escaliers.

La femme au chien n'est pas là ce soir. Le tableau de ma nuit est incomplet. Je suis tenté de l'attendre, de la guetter. Je ne lui ai jamais parlé mais son absence m'inquiète, cassant le rythme quotidien qui me sert de cadre. Je suis sur des rails depuis tant d'années : je me lève, je déjeune, je prends le métro, je compte et décompte, je reprends le métro, je passe à la boulangerie, je rentre chez moi, j'en ressors, je croise la dame au chien en allant au café. Répétition immuable dont l'ennui en effraierait plus d'un, mais dont la routine me sert de carapace. Ne pas laisser de place à l'imprévu est la meilleure arme pour ne pas s'exposer, pour ne pas se poser d'inutiles questions.

Je fais le tour du pâté de maisons au cas où j'apercevrais la femme au chien. Quelques hommes pressés de rentrer chez eux, une hirondelle volant bas, un vieil homme disant qu'il va pleuvoir, une jeune femme avec une poussette, mais pas de chien et pas de femme au chien.

Les mains dans les poches, je presse le pas. Ma boulangère avait raison : « Il fait pas chaud ce soir ! » Je joue avec la vapeur qui sort de ma bouche. J'aimerais parvenir à faire des ronds, mais je n'y arrive pas même avec une cigarette.

Lisa est appuyée au bar. Sam est déjà là. Thomas aussi. Deux cafés posés sur la table. C'est assez rare que je sois le dernier arrivé. J'ai dû tarder plus que je ne le pensais. Ils sont manifestement soulagés de me voir. Lisa se contente d'un signe de la main. Presque le même que celui de la veille, lorsqu'elle m'a dit au revoir. Pas de question et déjà le percolateur se met en route.

J'approche une chaise. Thomas fait claquer son Zippo. À croire qu'il m'a attendu. Le cendrier est d'ailleurs vide. Il allume sa cigarette, se racle la gorge et s'excuse pour hier soir dans un enchaînement quasi parfait, comme si la bouffée de tabac faisait partie intégrante de la phrase. Il me tend sa cigarette et s'en allume une deuxième tandis que Sam s'approche du comptoir pour mettre en route la musique. Le silence qui régnait jusqu'à présent avait quelque chose de pesant.

Back In USSR. Premier morceau du double album blanc des Beatles. Il sait – tout le monde le sait ici – que c'est mon favori. L'album, pas le morceau. Sans doute celui que j'emporterais sur une île déserte.

Sam est comme ça, il ne s'excuse pas avec des mots, mais avec des signes, des petites attentions pour montrer qu'il a conscience d'avoir fait une connerie qu'il aimerait bien réparer.

Mais je sens bien qu'il a quelque chose à raconter. Il croise et décroise les bras, fait craquer ses doigts avant de passer ses mains sur son visage, lentement, à la manière de ceux qui ont eu une grosse journée et qui ont besoin de se toucher pour s'assurer qu'ils sont toujours vivants. Les symptômes classiques du Sam qui s'apprête à se lancer dans une grande tirade. Il n'est pas bavard, mais lorsqu'il est lancé rien ne peut l'arrêter.

Ça va être pour moi. Alors, excuses ? À moins qu'il ne décide de remettre mon silence, mon écharpe et mon passé sur le tapis.

Thomas a également remarqué son petit manège et fait signe à Lisa de nous apporter de quoi boire. Dans ces cas-là, on n'ose pas interrompre Sam, alors mieux vaut prévoir les munitions. Il sort une cigarette, se penche vers le Zippo que Thomas tenait prêt. Inspiration expiration et c'est parti.

« Tu sais... Hier soir, on a pas dit ça pour t'emmerder. On est pas là pour te donner des leçons. Ni t'expliquer ce que tu dois faire ou dire. Mais, on va pas se mentir. Si on se retrouve quasiment tous les soirs depuis si longtemps, c'est qu'il y a une bonne raison. Et cette raison, c'est que nous sommes tout seuls. Alors, peut-être que ça te va. En ce qui me concerne, je ne saurais dire si c'est un choix ou un truc dont je suis victime, mais je vis assez bien avec. Je me sens bien ici. Lisa fait du super café et elle a du bon whisky. Et puis... c'est vrai qu'elle est sympa. Et jolie. Elle ne manque pas d'humour non plus. Si j'avais une famille, plein d'amis et une vie trépidante faite d'invitations, de vernissages, d'inaugurations diverses et variées, un téléphone qui n'arrête pas de sonner avec des gens qui m'adorent au bout du fil, je serais peut-être moins souvent ici. Et encore c'est même pas sûr, parce que si je suis ici, c'est que je suis bien avec vous. Vous êtes mes invitations, mes vernissages, mes inaugurations diverses et variées, mon téléphone qui n'arrête pas de sonner. Je ne sais pas si vous êtes mes amis qui m'adorent, mais changez rien, ça me va. Pour vos conversations et vos silences, pour ces moments que nous partageons. Au début, je venais ici parce qu'il y avait de la lumière et du café. Parce qu'il y avait à boire et qu'il y faisait chaud. Je suis revenu comme on s'assoit auprès d'un feu. C'est un peu mon bar de pêcheurs ici. Il y a du bruit, il y a des visages connus et après une journée en mer... Bah, ça fait du bien. Et puis, et puis... un matin, j'ai appris que mon père était mort. Je ne l'avais pas vu depuis deux ans. Éloignement, impression qu'on n'avait plus rien à se dire. Le temps qui passe et qu'on laisse filer. "On aura toujours le temps." On remet à plus tard et on passe du plus tard au trop tard. J'ai eu des remords, j'ai eu de la peine. J'étais seul et je me rendais compte que je ne l'étais pas la veille au soir. Il y avait ce café. J'ai bu, un peu. Avant de venir. Je suis entré et vous étiez là. À vos places. Lisa était là aussi, assise derrière le bar, comme ce soir. Plus jeune de sept ans mais aussi belle que ce soir. Je me suis assis, j'ai pleuré et je vous ai parlé. Longtemps. Peut-être une heure, peut-être deux. Certainement toute la nuit. Vous m'avez écouté. Je vous ai parlé de mon père, de mon enfance, de mon adolescence et de la suite. Y'a que mon boulot que je vous ai épargné. Je ne sais pas pourquoi je vous ai raconté ça à vous. Peut-être parce que vous étiez les seuls à pouvoir m'écouter. Peut-être tout simplement parce que vous étiez là. Toujours est-il que j'ai vidé mon sac. Je ne dis pas que c'est ce que tu dois faire. Chacun a son propre mode de fonctionnement. Mais nous avons l'impression... enfin, j'ai la certitude que tu as quelque chose sur le cœur. Le genre de poids qui t'écrase et t'empêche de respirer. Je me trompe peut-être, mais je ne crois pas. Alors si tu dois t'en décharger un jour, autant que tu saches que c'est certainement avec nous que ça sera le plus simple. On jugera pas, on commentera peut-être même pas. Juste, on sera là, un verre à la main. Comme d'habitude. Comme d'habitude mais avec un ami qu'on connaîtra un peu mieux. »

En silence, Lisa a tiré une chaise pour se joindre à nous. Une bière fraîche posée devant elle. Elle la boit à grandes gorgées sans rien perdre de son élégance. Je n'ai jamais vu une fille aussi fine boire de la bière si facilement. Tout en écoutant attentivement le discours de Sam, elle prend une cigarette dans le paquet de Thomas. Recrachant la fumée, elle passe sa main libre dans ses cheveux, jouant avec une mèche qui glisse entre ses doigts. Elle regarde Sam fixement, droit dans les yeux, comme elle le fait quand elle écoute les gens.

Sam sourit, se lève, contourne le comptoir et annonce que ce soir, c'est lui qui offre la deuxième tournée de café. Il se penche et attrape la bouteille de whisky.

Le disque en est à *While my guitar gently weeps*. Le septième de l'album. Un morceau fantastique, écrit par George Harrison. Un des rares qui me fassent encore dresser les poils sur les bras à la millième écoute. Nos mains tapotent en rythme sur la table en bois jusqu'aux dernières mesures.

« C'est marrant, dit Lisa. Quand on demande aux gens de citer le nom des membres des Beatles, le dernier cité est toujours George Harrison.

– Qui ? Quels gens ? Qui peut faire une chose pareille ? s'amuse Thomas.

– Les gens... n'importe qui ! Neuf fois sur dix, on cite Paul, John, Ringo et George arrive à la fin... quand il ne passe pas à la trappe.

– C'est vrai... Mais remarque que c'est pire pour les Stones...

– Les qui ? »

Ce morceau, cette ambiance, je prends conscience que si nous avons tous nos secrets, nous sommes effectivement ici chez nous. Je ne saurais dire si c'est l'épisode de la veille et mon départ précipité, la sollicitude de mes amis et la manière qu'ils ont aujourd'hui de me protéger, si c'est le souvenir des enfants de Thomas dont il nous parle les larmes aux yeux ou la mort du père de Sam ou encore l'absence de la femme au chien qui a brisé ma routine... Mais je me dis que si je dois me retourner vers mon passé, c'est ici que ça se passera. Et maintenant. Je le leur dois bien : on ne peut pas cacher indéfiniment ses cicatrices à sa famille.

Je me mets à farfouiller dans la poche de mon manteau, j'en sors mon portefeuille et en extirpe une photo. Elle est jaunie, bien sûr, depuis le temps. Je ne la regarde pas souvent, comme si j'avais peur de l'user. Ses bords sont cornés, presque déchirés par endroits.

Je la pose sur la table, la tournant vers Sam, Thomas et Lisa.

C'est une photo de mon grand-père. Il est accoudé au toit d'une voiture noire. Il y a ma grand-mère avec lui. Et mon père. Une photo prise un dimanche. Il n'y a pas de date, mais je pense qu'elle a dû être prise à la fin des années 1920. Une bonne décennie avant ma naissance, en tout cas. Je l'aime bien parce que tout le monde sourit. Ils ont le soleil dans les yeux mais ils sourient, parce que les photos, ça reste et qu'il faut qu'elles soient belles. Je finis par me lancer. Je sens ma jambe qui remue nerveusement et ma voix qui tremble.

Mon grand-père était grand. Grand pour l'époque. L'humanité grandit paraît il, alors s'il revenait aujourd'hui, peut-être ne le trouverions-nous pas si grand. Si ma mémoire est bonne, il devait mesurer autour d'un mètre quatre-vingt-cinq. Pour le gamin que j'étais à l'époque, il était presque un géant.

Aussi loin que remontent mes souvenirs, il a toujours eu les cheveux blancs. Je ne dis pas qu'il est né avec les cheveux blancs, mais de mon vivant, il les a toujours eus. Beaucoup de cheveux blancs sans le moindre signe de calvitie. Un peu comme s'il avait décidé que ses cheveux deviendraient blancs sans que cela ne soit un aveu de vieillesse. Ils étaient coiffés légèrement en arrière, ce qui lui donnait une allure d'acteur américain. Impression renforcée par une petite moustache à la Errol Flynn.

Mon grand-père avait une classe naturelle. Il aurait pu être une vedette, mais il n'avait pas un rond.

Il s'habillait sobrement : pull en laine et pantalon en velours. Je ne me souviens pas l'avoir vu en costume. Alors, quand je dis qu'il aurait pu être une vedette, je pense davantage à une star le dimanche. Pas lorsqu'elle monte les marches du festival de Cannes. Une star qui promènerait ses enfants au bord d'une rivière. Une sorte de grand Kennedy photographié à son insu avant son élection à la présidence.

Cette photo me fait penser à ces images que l'on trouve dans d'anciens magazines, où des célébrités étaient immortalisées chez elles ou à la campagne. L'avantage de ces clichés, c'est que les personnalités n'étaient pas déguisées. Pas de costume de scène, pas de paillette, pas d'excentricité. On mettait en avant le côté monsieur ou madame tout le monde. C'est ce qui explique certainement que ces images aient moins souffert du temps, si l'on excepte les pantalons pattes d'éléphant et les coupes de cheveux rétro... Mais somme toute, rien de si exceptionnel aujourd'hui.

Lisa remplit ma tasse. Le vieux d'hier entre et s'assoit à sa table. Il ne commande rien et attend que j'aie fini mon monologue. Sam et Thomas ne disent rien, ils n'acquiescent pas, ils se contentent d'écouter. Je bois une gorgée de whisky.

Mon grand-père était donc un monsieur tout le monde. Sauf qu'il était mon grand-père. N'allez pas dire à un enfant que son père est quelqu'un comme les autres, et cela est valable pour sa mère et tous les membres de sa famille. A fortiori son grand-père.

Il avait deux prénoms. Il s'appelait Pierre-Jean. Les gens que je connaissais et qui avaient deux prénoms s'appelaient Jean-Claude, Jean-Baptiste ou Jean-Pierre. Jean-Eudes, à la limite. Lui était différent, son prénom était dans le désordre : il s'appelait Pierre-Jean. Je n'en connaissais pas d'autre. Ce qui était normal, vu qu'il s'agissait de mon grand-père : papy Pierre-Jean.

Lorsque je lui ai demandé pourquoi ses prénoms étaient dans le désordre, il m'a expliqué qu'une plaisanterie de son père en était la cause. Je n'ai pas très bien compris en quoi c'était si drôle, mais face à son sourire, j'ai souri également, faisant semblant d'approuver et de trouver ça très amusant. Il m'a ensuite expliqué que son père et sa mère ne s'étaient pas mis d'accord sur le prénom, et qu'ils avaient donc écrit tous les prénoms qu'ils aimaient sur des bouts de papier qu'ils avaient placés dans un chapeau. Quand ils avaient tiré au sort, le prénom Jean était sorti vainqueur. Mon arrière-grand-mère avait fait remarquer que cela permettait de créer un prénom composé et donc d'en choisir un autre qui leur plaisait. Le deuxième prénom tiré au sort fut Pierre... Ce n'est qu'à la maternité que mon arrière-grand-père inversa les deux prénoms parce qu'il trouvait ça plus drôle.

Moi, je préférais Pierre-Jean comme prénom. Il faut dire que, d'après lui, j'aimais bien le désordre. Lui n'avait personne pour lui ordonner de ranger tout ça.

On ne pouvait pas lui dire : « Va ranger ta chambre et tant que t'y es, profites-en pour remettre de l'ordre dans tes prénoms ». De toute façon, on ne demandait jamais à papy Pierre-Jean de remettre de l'ordre où que ce soit.

Comme son père, Pierre-Jean aimait beaucoup plaisanter. Il souriait tout le temps mais avait parfois le regard dans le vague. Dans ces moments-là, il paraissait triste des yeux et heureux de la bouche. Il souriait par politesse, mais ses yeux pensaient à autre chose. Et puis son regard se fixait sur quelque chose ou quelqu'un et il était heureux de la bouche et des yeux. Comme s'il préparait une bonne blague ou qu'il se souvenait d'une histoire amusante qu'il avait oubliée.

Il était un peu comme mon père, un peu comme mes frères... Il était tout ce qui me restait de ma famille. Il ne m'a jamais abandonné et a fait couler toutes les années de ma jeunesse en les enveloppant d'humour et d'amour.

Je baisse les yeux, craignant de paraître ridicule devant mes amis. Mais leur bienveillance me rassure immédiatement. Ils tendent leur verre et nous trinquons. À rien. Nous trinquons simplement. Lisa se lève et va servir le vieux, met en route le deuxième disque du Double blanc et revient. Quand les enceintes diffusent *I'm so tired*, nous décidons qu'elles ont raison et qu'il est temps de partir.

Je sors du café au ralenti. Je manque me faire écraser au deuxième carrefour et finis par rentrer chez moi, où je m'affale sur mon canapé. Je suis vidé. Je m'endors immédiatement.

CHAPITRE 5

7 h 30, mon réveil sonne.

7 h 31. La porte de la pièce du fond est entrouverte. Mon pied gauche fait grincer une latte du parquet. Je m'arrête quelques secondes, n'osant pas m'approcher davantage. Quelques secondes passent, peut-être quelques minutes. Le bruit de la rue comme seul fond sonore auquel vient s'ajouter le grincement d'une nouvelle latte sous mon pied droit. J'ouvre la porte en grand et reste immobile. Les cages sont vides. Toutes. Je m'approche, les ouvre une à une, rangée après rangée. Toutes mes écharpes, placées là au fil des mois, ont disparu. Quelques traces de café témoignent de la présence de la dernière que j'avais remisée là. Je referme la porte à double tour et jette la clef sur le dessus d'une armoire.

J'ai peut-être rêvé et m'accroche à mes habitudes : je me rase, me lave, déjeune et sors prendre mon métro. Coincé entre les passagers, je me refais le film de la soirée de la veille en me demandant si je ne me suis pas mis trop à nu. J'essaye de démêler les images qui se bousculent dans ma tête pour comprendre dans quelle mesure cela m'a soulagé ou, au contraire, étouffé sous le poids des souvenirs. C'est la première fois que je parlais de Pierre-Jean depuis sa mort, il y a quinze ans. C'est la première fois que j'en parlais à mes amis. Je ne suis pas habitué à parler de moi, je ne sais pas le faire, je ne sais pas gérer le flux d'émotions qui va avec. Je ne sais pas si je suis capable de parler de lui sans aller gratter ma cicatrice. Et je ne sais pas si je peux faire marche arrière. Pour tout dire, cela m'effraie.

Je suis presque surpris en arrivant au bureau de le trouver dans le même état que la veille au soir. J'ai convoqué des images que je fuyais, j'ai fourni un effort que je pensais impossible et le monde n'a pas changé. Je retrouve mes chiffres protecteurs et finis par me laisser emporter par leur rythme qui me va si bien.

La journée passe et j'oublie Pierre-Jean.

La journée passe et je m'oublie.

La journée passe.

Mais l'oubli est provisoire, les chiffres n'ont de pouvoir que lorsque l'on est penché sur eux. À peine arrivé dans le métro je réalise que le monde a finalement peut-être définitivement changé. Les souvenirs affluent. Il m'a suffi de lever les yeux sur un vieil homme lisant un livre assis sur un strapontin pour qu'il soit remplacé par l'image de mon grand-père tournant les pages de *La Conscience de Zeno*. Arrivé à ma station, le vieil homme n'est plus là, sans que je puisse dire à quel moment il est descendu ni même s'il a réellement existé. Quoi qu'il en soit, je fais mon crochet hebdomadaire vers ma librairie. Ce livre qui s'était perdu dans les limbes de ma mémoire m'apparaît d'un seul coup indispensable.

La porte couine et racle le sol. Des étagères en bois chargées de volumes de toutes époques. Romans, essais, poésie. Par habitude, j'essaye de reconnaître les éditeurs grâce aux couvertures de leurs livres. Un bref salut : la libraire est penchée sur son bureau et je vois à peine son visage. Pour une fois nous sommes à égalité.

L'Arrache-cœur, c'est ce qu'il y a écrit sur la vitrine. On y est tranquille. On feuillette, on choisit, on achète. Du parquet au sol, des étagères en bois. Une table au milieu. Pas beaucoup de place mais assez pour avoir l'impression de se promener au milieu des auteurs. Il y a une échelle en or. Pas vraiment en or, j'imagine que c'est du cuivre ou un métal s'en approchant... Je suis comptable et n'ai aucune culture des matériaux. Dans ma branche, c'est un savoir totalement superflu qui me permet de voir de l'or où j'ai envie d'en voir. Cette échelle est donc en or et donne l'impression d'être à l'intérieur d'une sorte de bateau de pirate tapissé de bouquins. Elle est comme un objet sacré pour les clients. Lorsqu'ils veulent atteindre un livre sur l'étagère la plus haute, ils regardent la libraire sans oser poser la question. La réponse est toujours identique : « Oui bien sûr, elle est faite pour ça ».

Il nous arrive de discuter, sans que cela soit pour autant une obligation. C'est grâce à ce lieu que j'ai découvert Boris Vian. J'ai commencé par l'ouvrage qui a donné son nom à la librairie. Je l'ai lu en une nuit et, apprenant qu'il s'agissait du premier volume d'une trilogie, je me suis précipité dès le lendemain à L'Arrache-cœur. C'était en fait le dernier texte de l'auteur, qui avait laissé sa trilogie inachevée (33,33 % du projet initial, avais-je pensé, me promettant de ne plus mêler comptabilité et littérature). Alors, la suite, je l'ai imaginée. Mais c'était moins bon. Boris Vian a beaucoup baissé après sa mort.

La Conscience de Zeno est en rayon. Il est neuf. Très neuf. Trop neuf. Je ne le connaissais qu'usé, corné et jauni et je suis presque déçu.

Je sors la monnaie, je paie et je m'en vais. À peine deux ou trois paroles échangées. Une fois n'est pas coutume. Aujourd'hui, pas d'avis sur mes dernières lectures, pas de conseil. Ce que j'aime aussi ici, c'est le respect de l'humeur, le refus des phrases toutes faites et des considérations météorologiques. Ma librairie est une anti-boulangerie.

Je serre le livre contre moi, le protégeant du vent comme s'il pouvait l'abîmer. Je ne sais pas encore si je le lirai. Je voulais le posséder, voilà tout.

Mais je ne résiste pas et me plonge finalement dans sa lecture après m'être allumé une cigarette, ce que je fais rarement chez moi. Je veux être dans l'ambiance... Je pensais seulement en lire une page ou deux, histoire de voir... Et puis, les dix premières coulent sans que je m'en aperçoive. L'idée que je lise les mêmes lignes que mon grand-père me fascine. Je l'entends qui se racle la gorge dans mon dos en murmurant : « Ah, tu te souviens de ce livre ? » Oui, je m'en souviens. De ça et de beaucoup d'autres choses. Et en ce moment tout ça a besoin de sortir parce que j'étouffe. Pour être tout à fait honnête, je ne m'étais pas rendu compte que j'étouffais. Un café renversé, une discussion avec des amis, une photo sortie d'un portefeuille et puis les vannes s'ouvrent, laissant passer un flot de souvenirs que je ne contrôle plus.

Je me souviens de cet air que tu prenais lorsque tu m'en parlais dans ce petit appartement où nous étions arrivés après la guerre.

Je me souviens aussi que je me demandais si tu l'avais vraiment lu ou si tu y avais juste pioché les phrases que tu me lisais, celles qui t'arrangeaient.

Je me souviens du bras du fauteuil où reposait ton exemplaire. Et des fois où je passais à côté pendant que tu dormais et où je le ramassais sans faire de bruit pour ne pas te réveiller.

Je me souviens de ton ronflement lorsque tu t'autorisais une petite sieste. Et de ces cigarettes que j'éteignais parce que j'avais entendu dire qu'il y avait des maisons qui brûlaient à cause de ça.

Je me souviens de tes yeux remplis de fatigue lorsque tu t'étirais en disant : « Je crois que je me suis assoupi ».

Je me souviens qu'après ces siestes tu me proposais d'aller au café, parce que les amis c'est ce qu'il y a de plus important dans la vie, et que les amis c'est dans les cafés qu'on les trouve.

Je me souviens que tu avais peu d'amis.

Je me souviens que tu m'avais fait jurer de ne rien oublier mais de ne pas y accorder trop d'importance.

Je me souviens que je n'avais pas compris cette phrase.

Je me souviens que j'avais oublié cette promesse.

J'obéis à l'un de ces conseils en reposant le livre sur ma table basse pour rejoindre mes amis. La poubelle est encore là. Un peu plus grosse, un peu plus débordante de déchets en tous genres. Toujours plus de bouteilles qui s'accumulent au sol, certains locataires ont une bonne descente. Des sacs en plastique s'amoncellent dans le couloir, je pourrais en prendre un ou deux, mais ne saurais pas où les mettre. On peut difficilement jeter un sac de trente litres rempli à craquer comme on le fait d'un mégot de cigarette.

Le chien court sur le trottoir, traînant sa laisse derrière lui. Un peu plus loin, accroupie, se massant la cheville : la femme. Je m'approche et, malgré sa position, elle a un mouvement de recul. Par réflexe, je réajuste mon écharpe, comme chaque fois que j'échange quelques mots avec quelqu'un. Si j'ai appris à la mettre bien en place, à faire un nœud de telle sorte qu'elle recouvre entièrement le bas de mon visage, la peur de dévoiler une partie de ma défiguration ne m'a jamais quitté. Je lui tends la main pour l'aider à se redresser. Elle m'explique que son chien a tourné autour d'elle, a enroulé la laisse autour de ses jambes et qu'elle s'est retrouvée par terre. Elle a mal, mais elle s'inquiète pour son chien. Où est-il ? Je lui indique la direction qu'il a suivie et lui demande si elle veut que je l'aide à le retrouver. Elle refuse poliment, prenant soin d'éviter de me regarder. Pour elle, je suis une ombre. L'ombre du type qu'elle croise tous les soirs. Une ombre qu'elle vient de voir de près pour la première fois. Elle m'en veut d'être entré dans son monde, d'être sorti de mes ténèbres et d'avoir pris une apparence réelle, de l'avoir touchée. Elle doit se demander si elle sera dorénavant obligée de me saluer. Si elle sera obligée de me regarder.

Me détournant, je scrute le sol, comme si le chien pouvait se cacher entre les feuilles tombées sur le trottoir au milieu des papiers et du reste de la flore urbaine : tickets de métro et de loto aux numéros perdants, mégots de cigarettes de toutes longueurs, certains écrasés, d'autres encore bien cylindriques avec des traces de rouge à lèvre, de déjections canines, et ce chien juste au-dessus. Le voilà. Je me retourne : personne. Où est-elle ? Lentement, je me penche et tente de saisir la laisse. La bête semble ne se rendre compte de rien. Trop occupé : il n'a pas fini, visiblement très concentré. Je ne connais pas ce chien. Je n'ai aucune affection pour les chiens. Je ne suis pas du genre à leur donner un coup de pied, mais pas non plus du genre à caresser le toutou d'une vieille dame dans le métro. « Qu'il est mignon ! » - C'est un chien : il est poilu, il a de grandes dents incontrôlables et une odeur dont j'aurais préféré ne pas faire l'expérience. D'ailleurs, je n'ai aucune affection pour sa propriétaire non plus. Me voilà néanmoins avec la laisse dans les mains, ne sachant quelle est la conduite à tenir en pareille situation. J'attends qu'il ait fini avant d'envisager la possibilité de me lancer à la recherche de la dame, hésitant à attendre qu'elle vienne à notre rencontre ou, option plus tentante, à prendre la fuite. Mais elle arrive pour me libérer, me remercier et rebrousser chemin le plus rapidement possible.

Je suis le dernier arrivé. Thomas et Sam sont assis à ma table. Lisa sert le vieux qui m'a tout l'air d'être un nouvel habitué. Il est venu accompagné d'un autre vieux que je n'avais jamais vu ici. Deux visages gris et silencieux qui semblent n'avoir rien à se dire. Ils attendent, à la manière des passagers du métro, les yeux dans le vague, seuls au milieu d'autres visages gris et silencieux.

Nous parlons de tout et de rien. Surtout de rien, c'est ce que nous maîtrisons le mieux. Et de la même manière qu'ils auraient procédé avec une boîte à musique trop longtemps enrayée et tout juste réparée, mes amis me demandent de leur parler encore de Pierre-Jean. Lisa remplit les verres, je bredouille quelques mots à propos de mon écharpe avant de reprendre mon monologue.

Je savais que je n'étais pas comme les autres. Certains pourront dire que chaque personne est différente ou, tout au moins, que chaque personne a cette sensation d'être différente. Me concernant, la situation était néanmoins assez évidente.

« L'histoire laisse des traces », me disait souvent mon grand-père. Et ces traces on peut les voir partout : dans les églises et les châteaux, dans les livres, dans le sol. Et sur mon visage.

Je ne me souvenais pas de mon vrai visage. Celui qui était le mien avant que l'Histoire ne lui passe dessus. C'est à cette époque, je veux dire celle où mon grand-père m'a expliqué sa théorie, que j'ai compris à quel point l'Histoire et *les* histoires étaient différentes.

Celles que l'on raconte aux enfants pour qu'ils s'endorment ne laissent pas leur empreinte comme ça. L'Histoire, la vraie la grande, peut être beaucoup plus lourde et féroce. Elle n'est pas faite pour les enfants, ou alors on l'enjolive, on la pare de légendes, les Grecs y luttent contre des dieux et les chevaliers y combattent des dragons.

On m'avait volé mon visage et il me faudrait attendre d'être adulte pour pouvoir comprendre.

« Mais ce n'est pas juste, m'étais-je écrié.

– L'Histoire n'est pas juste. C'est comme ça et l'on n'y peut rien. »

Il m'avait regardé en souriant, me disant que j'étais bien plus qu'un petit garçon : j'étais un document qui permettrait aux historiens de ne pas oublier.

Oublier. Je ne risquais pas. Chaque fois que je me promenais dans la rue, il y avait une vitrine pour me le rappeler. Mais ce n'était pas le pire.

Le regard des autres. Tous les autres. Les adultes et les enfants. Surtout les enfants. Les adultes étaient surpris. Je voyais à leurs yeux que quelque chose n'était pas normal mais, rapidement, ils baissaient la tête ou regardaient dans une autre direction, l'air dégagé de celui qui n'a rien remarqué. Les enfants eux, ne savent pas détourner le regard. Face à l'anormalité, ils fixent, scrutent et interrogent. Ils en examinent chaque détail, chaque parcelle, hypnotisés. Et j'étais anormal. L'écharpe m'a permis de masquer cette différence. Elle soulève d'autres questions, mais il est plus facile de vivre avec des questions qu'avec une différence.

Aujourd'hui encore je me demande à quoi je ressemblerais si l'Histoire ne m'avait pas piétiné.

Il n'y a pas de musique ce soir et le silence est à peine transpercé par la toux du second vieux. Je remarque à l'instant qu'ils ont tous les deux tourné leurs chaises dans ma direction. Lisa me fait signe de continuer.

Pourtant, gamin, cela ne me rendait pas particulièrement triste. Je ne comprenais pas. Pourquoi moi ? Je me fichais d'être un document pour les historiens. D'ailleurs je n'en avais jamais rencontré. J'imaginais les historiens comme des hommes âgés, ayant eux-mêmes appartenu à l'histoire qu'ils étudiaient. Des hommes en blouse grise, lunettes aux verres épais et cheveux longs, blancs et clairsemés. Quelques pellicules sur les épaulettes pour compléter la panoplie.

Longtemps j'ai attendu qu'ils viennent me voir. Lorsque l'on frappait à la porte, je me précipitais. Mais le rendez-vous n'est jamais arrivé. « Patience », me disait Pierre-Jean. Mais j'en avais assez d'attendre.

Je croyais qu'une fois que ces historiens m'auraient vu, mon visage redeviendrait normal. Je n'en parlais pas à mon grand-père mais c'était pour moi une évidence. Mon rôle était visiblement de transmettre une information. C'était comme une mission dont j'étais fier mais que j'aurais volontiers échangée contre n'importe laquelle des vies des autres écoliers. J'aurais simplement voulu ne plus avoir à me demander quel était mon vrai visage.

J'ai attendu de longues années sans que rien ne se passe. Lorsqu'enfin j'ai rencontré un historien, j'avais compris depuis longtemps qu'il n'emporterait pas mon histoire avec lui, mais qu'il la laisserait sur mon visage. Je n'étais d'ailleurs plus un enfant et je n'avais déjà plus envie de me raconter.

Nous trinquons et fumons une cigarette en silence. Les deux vieux retournent leurs chaises et finissent leur boisson. La soirée et Sam s'étirent et nous finissons par laisser Lisa fermer la boutique.

CHAPITRE 6

Le samedi je ne travaille pas, le samedi je ne compte pas, le samedi je prends mon temps. Le samedi, nous nous retrouvons dans l'après-midi, presque étonnés de nous voir à la lumière du jour. Nous lisons les journaux ensemble, comparons les lignes éditoriales, notons les différents angles pour traiter une même actualité. Thomas amène les croissants, toujours. Le samedi est un jour particulier au café. Les habitués ne sont pas les mêmes. Il y a ceux de la semaine et ceux du samedi. Inutile de préciser que nous les considérons comme des intrus. Mais aujourd'hui, c'est sans moi.

J'ai passé la journée à lire. Je n'ai pu m'empêcher de sourire lorsque je suis arrivé au passage de la demande en mariage de Zeno : il est dans le salon familial de son mentor, amoureux de l'aînée de ses trois filles. Après avoir plus que longuement tergiversé, il se jette enfin à l'eau et finit par lui demander de l'épouser... ce qu'elle refuse catégoriquement. Mais Zeno n'est pas homme à se laisser abattre et, rejoignant la cadette, il lui formule la même proposition. C'est un second choix mais qui, reconnaissons le, ne manque pas d'atouts. Nouveau refus mais, encore une fois, Zeno ne se laisse pas démonter et décide d'abattre sa dernière carte en se précipitant sur la troisième fille, qui n'attendait que cela. Trois demandes en mariage le même jour pour un résultat somme toute positif : le voilà fiancé. Certes, il ne peut s'empêcher de constater l'ingratitude du visage de sa future épouse mais il parvient sans trop de problème à se convaincre qu'il en est bel et bien amoureux. Je mesure la distance qui nous sépare Zeno, et moi. Lisa pourrait avoir les plus belles sœurs du monde, je ne porterais pas même un regard en coin dans leur direction. Et ce n'est pas uniquement une question d'idéal amoureux, mais disons que le romantisme désuet est un luxe que je peux m'offrir. Si je n'attends rien d'elle, les autres n'existent pas.

À peine sorti pour aller prendre des nouvelles de la météo chez ma boulangère. Mais il y avait trop de monde et elle s'est contentée d'un « et avec ça vous prendrez ? » Mieux que rien mais pas totalement satisfaisant. Le samedi, il y a trop de monde dans les rues, trop de monde dans la librairie. Et la nuit venue, trop de monde chez Lisa où le samedi est réservé aux inhabitués qui passent, crient et changent de crèmerie sitôt les premiers verres avalés : ni Thomas, ni Sam ni moi n'y mettons les pieds sitôt le soleil couché. Nous avons essayé une fois et ce fut un désastre. Des jeunes étaient installés à notre table, Sam et moi avons dû retenir Thomas qui était prêt à leur demander de déguerpir immédiatement. Nous avions commandé une bière que nous avions vidée, inconfortablement installés sur un bout de comptoir. Nous avions à peine pu échanger deux ou trois paroles avec Lisa, qui était trop occupée à servir les différentes tournées. Depuis, chacun reste chez soi. Thomas écrit, Sam écoute de la musique et moi je lis.

Quant aux dimanches, je ne les ai jamais vraiment aimés. Je ne les ai jamais détestés non plus. Mais ils me ramènent à ma solitude. Les dimanches sont faits pour les travailleurs et les familles. Je suis travailleur mais je n'ai pas de famille. Je me suis exclu moi-même de cette société, je ne fais pas partie du clan, mais ne vous inquiétez pas pour ma contribution à la nation, elle est bien à sa place sous mon écharpe. Je n'ai pas de famille et ce n'est pas à proprement parler un choix. J'en ai lu des livres, des journaux, des magazines, j'en ai entendu des émissions où l'on explique aux gens comme moi qu'il faut faire un effort, accepter et surtout ne pas avoir peur de sa différence. Au contraire même, faire de sa différence une force. Je me vois bien aller voir une jeune femme, m'arracher l'écharpe et lui exposer mon visage comme on bande un muscle. Et sans aller jusque-là, est-ce que je pourrais décemment faire comme si ce n'était pas si grave ? Est-ce que je pourrais accepter que l'on ne me regarde pas dans les yeux, que la simple vue de mon visage fasse l'effet d'une brûlure ? Je ne suis plus un gamin et je n'ai jamais réussi à m'y habituer, comment croire que quelqu'un d'autre y parviendra, comment avoir envie d'imposer ça à qui que ce soit ? Alors mes dimanches, je les passe en célibataire, je ne vais pas me promener dans les squares, je ne pousse pas mes enfants sur des balançoires publiques, je ne les fais pas voguer sur les barques du bois de Boulogne, je ne leur achète pas de glaces, je ne les amène pas voir la Joconde, la Victoire de Samothrace ou la Vénus de Milo, je ne leur apprends pas à jouer au foot, aux cartes ou au Monopoly, je ne les amène pas au cinéma et ne leur fais pas découvrir les disques qui me font encore vibrer à la centième écoute, je ne guette pas dans leurs yeux les émotions qu'ils ressentent lorsque je mets discrètement *Dear Prudence*, ni leurs premiers signes d'excitation sur *Twist and Shout*. Je ne me morfonds pas pour autant. Je ne vais pas mentir, certains dimanches sont durs et épongés dans des degrés d'alcool qui ont le mérite de modifier la perception que je peux avoir de la réalité. Mais ils sont rares, je n'ai jamais basculé. J'ai toujours fait en sorte de garder un peu de dignité. Je fuis les lieux trop publics comme je le fais le reste de la semaine, je profite des jours de pluie et de grand froid. Ces moments où les gens ne s'attardent pas et sont dans la rue comme dans un tuyau, y glissant vers une destination qu'ils ont hâte d'atteindre. Ces moments où la rue est déserte. Aussi déserte qu'elle puisse l'être à Paris. J'aurais pu m'en aller, m'exiler à la campagne, vivre en ermite au fond d'une forêt, devenir trappeur, bûcheron, berger ou que sais-je encore. Mais j'aime Paris, j'aime cette vie qu'elle aurait pu m'offrir et que je parviens, par instants, à toucher du doigt.

Sur mon palier, l'odeur est effrayante. Le type de fragrance qui vous oblige, dans un instinct de survie, à vous coller un mouchoir imbibé de parfum sur le visage. Je me contente de remonter mon écharpe mais mon nez n'est pas dupe.

J'entame la descente. Une descente dans un enfer olfactif. Chaque marche est une expérience nouvelle. Là un effluve de poisson, ici une couche sale, un peu de viande avariée, peut-être des abats, une pointe de vinaigrette, un zeste de fruit pourri. Joli bouquet. Je pourrais détailler les ordures de l'immeuble sans prendre la peine d'appuyer sur l'interrupteur.

Un, deux, trois... à la louche, je dirais une bonne dizaine de sacs bleus dont trois éventrés devant la porte de l'immeuble. Quant au couvercle de la poubelle, il ne ferme plus, il est quasiment à la verticale et lui donne des allures d'installation contemporaine condamnant la société de consommation. On pourrait y ajouter un cartel sur lequel un discours pompeux expliquerait que les ordures sont une empreinte qu'on ne peut indéfiniment camoufler. Nous avançons et nous jetons ce qui nous encombre, nous plaçons au rebut tout ce que nous estimons inutile, tout ce qui nous embarrasse. Nous pensons faire place nette mais, au final, nous ne faisons que déplacer, éloigner.

Contraint de me pencher en avant pour saisir la poignée, je parviens tout juste à ouvrir la porte et me retrouve dans la rue. En comparaison, la propreté du trottoir me fait l'effet du bloc opératoire flambant neuf d'une clinique de luxe. J'en profite pour remplir à fond mes poumons.

Sur le point de partir, je suis pris d'un cas de conscience. Visiblement, la concierge n'a pas prévu de ressusciter dans l'immédiat.

Je reprends ma respiration et ouvre une nouvelle fois la porte. Un demi-pas me suffit pour attraper le premier sac à ma portée. Un coup de chance, il est bien fermé. De nouveau dans la rue, veillant à ne pas établir de contact inopportun entre mon manteau et le plastique bleu, je cherche des yeux un endroit où jeter mon paquet d'ordures. Des pas dans une direction. Des pas dans une autre. Des pas sur mes pas. Rien qui ressemble à une benne. Toutes les poubelles de la rue sont pleines à craquer. Et pas un sac à leur pied. Qu'à cela ne tienne : j'ouvre la porte et je remets soigneusement le sac à sa place. Après tout, c'est l'intention qui compte.

Lorsque j'arrive au café, Lisa est assise sur un tabouret haut. Un de ceux placés devant le bar. Un verre d'eau pétillante, une cigarette qui se consume dans le cendrier. Regard fatigué mais grand sourire. « C'est ma phase de décompression », me dit-elle pour s'excuser.

« Entre les clients de l'après-midi et ceux de la nuit, il me reste quelques quarts d'heures où je peux écouter la musique que je veux, boire ce que je veux et, comble du luxe... choisir de quel côté du comptoir je m'assois. Tiens, tout à l'heure, j'étais assise exactement là quand un client est rentré.

– Un habitué ?

– Non, jamais vu...

– Et il a fait quoi ?

– Rien. Il entre et il me demande : "y'a personne ?" Je laisse passer un silence avant de lui répondre : "on dirait pas".

– Il a fait quoi ?

– Rien. Enfin si : il a ouvert la porte et il est parti.

– C'est tout, tu n'as rien fait pour le retenir ?

– Non. Ça aussi c'est le luxe : ne pas avoir à courir après les clients. Café ?

– Café. »

Elle finit son verre et contourne le comptoir. Elle n'a toujours pas tiré sur sa cigarette. Oubliée. *Rubber Soul* tourne en boucle. Ce n'est pas mon préféré. D'ailleurs pas le préféré de beaucoup monde. Ce qui ne remet pas en cause sa qualité. Disons que je n'ai jamais entendu qui que ce soit dire que *Rubber Soul* était son album culte, ni même son album des Beatles favori.

« À quoi tu penses ? me demande Lisa

– Rien de spécial...

– À la musique ?

– Oui.

– Génial hein ! Tu te rends compte, il est sorti il y a plus de vingt ans.

– 1965.

– J'avais treize ans. »

Je calcule rapidement l'âge de Lisa qui restait pour moi un mystère... Trente-cinq ans. J'en ai douze de plus. Mais elle m'empêche de me perdre dans davantage de calculs.

« C'est vraiment un album qui est sous-évalué. Pour moi, c'est un des tout meilleurs. Un de ceux que j'apporterais sans hésiter sur une île déserte. On ne peut pas comprendre *Sergent Pepper* et le double blanc sans *Rubber Soul*. Pas d'accord ?

– C'est exactement ce que j'étais en train de me dire. »

Ce n'est pas un très gros mensonge dans la mesure où je partage son raisonnement. Et je suis d'autant plus prêt à le faire mien que la perspective de me rendre sur une île à ses côtés ne me laisse pas indifférent. Et ce sourire... Rien que pour ce sourire, je serais prêt à emporter *Rubber Soul* sur une île déserte.

Lisa pose mon café sur le comptoir et me regarde. J'aime la façon dont elle me regarde. Dans les yeux. Sans fuir, sans chercher un point entre mes yeux et mon front. Elle ne voit pas mon écharpe ou, en tous cas, ne s'y arrête pas. Elle sourit. Est-ce qu'elle pense aux Beatles ou m'a-t-elle suivi sur mon île ? Je choisis la seconde hypothèse, c'est mon luxe à moi.

Je coupe mon sucre en deux, puis encore en deux. C'est plus compliqué qu'il n'y paraît de doser le sucre d'un café : moins c'est pas assez, plus c'est trop. De petits éclats de cristal blanc tombent sur le zinc. Elle les balaye d'un geste de la main et récupère le quart qu'elle dépose dans sa bouche, laissant une pointe cristalline sur sa lèvre.

Le grincement de la porte me tire de ma rêverie. Sam et Thomas arrivent ensemble.

« On vous dérange ? interroge Thomas.

– On parlait des Beatles...

– Original. Et puis, ce serait peut-être précipité de changer de sujet conversation plus d'une fois en dix ans. »

Thomas écoute beaucoup de musique classique mais a bien senti que nous n'étions pas les meilleurs interlocuteurs sur ce sujet. Il a bien tenté plusieurs fois de nous apporter quelques disques, mais a fini par décréter qu'il nous convertirait quand nous serions mûrs. De temps à autre, il nous fait part d'un enregistrement rare qu'il a découvert et écouté religieusement chez lui, allongé sur son canapé les yeux fermés. Mais il refuse de nous les apporter depuis que nous avons osé mener une conversation en plein *Te Deum*.

Quant à Sam, c'est un véritable passionné de musique, même s'il n'est pas très à l'aise lorsqu'il s'agit d'en parler. Quand on lui demande ce qu'il écoute, il se contente d'un « un peu tout » qui ne veut rien dire.

Aujourd'hui, il semblerait que Sam n'a pas vraiment envie qu'on lui demande ce qu'il écoute. Il est préoccupé. À peine assis, il sort de la poche de sa veste une enveloppe.

« J'ai reçu ça aujourd'hui.

– Qu'est-ce que c'est ? »

Il tend l'enveloppe à Thomas. Elle est couverte d'une écriture manuscrite, fine, presque enfantine. D'un froncement de sourcil il demande à Sam s'il peut lire la lettre. Hochement de tête affirmatif.

Mon petit,

Cela fait longtemps que tu es parti et, il faut bien le dire, tu nous manques beaucoup. Ton père et moi ne nous sommes pas vraiment inquiétés. Tu es grand maintenant et nous le savons. Mais bon Dieu ! Pourquoi ne nous avoir laissé qu'un mot si bref ? Nous avions l'impression que tu avais voulu t'évader. Pourtant nous étions bien tous les trois. L'essentiel est quand même que tu ailles bien et que tu aies trouvé un travail et des amis. Nous sommes très fiers de toi.

En ce qui nous concerne, tout va pour le mieux et ton père a même été augmenté. C'est pour ça que je me permets de t'envoyer un peu d'argent. Ne sois pas fâché, nous ne te traitons pas comme un assisté, mais tout le monde a besoin d'un peu d'aide quand il commence à travailler. Fais bien attention à toi et aux dangers des grandes villes. J'espère que tu ne fais pas n'importe quoi et que tu veilles à mettre un peu d'argent de côté. Est-ce que tu manges comme tu veux ? C'est très important pour avoir une bonne santé, tu sais. Mais je ne veux pas t'embêter davantage avec ça.

Ton père va assez bien. Son travail ne le passionne toujours pas, mais il s'est mis à faire du sport. C'est une grande première. Je ne sais pas de quoi il s'agit au juste, mais il perd du poids et c'est là l'essentiel. Le médecin lui avait dit qu'il n'était pas raisonnable de se laisser aller à son âge. Je crois qu'il court. Tous les matins, il part à l'aube et revient tout trempé de transpiration. C'est un vrai champion. En ce qui me concerne, je m'intéresse aux papillons. Savais-tu que certains changeaient de couleur pour se camoufler ? C'est extraordinaire ; je découvre un nouveau monde et des perspectives nouvelles pour mon avenir.

Je t'embrasse.

Échanges de regards étonnés. Nous essayons de remettre de l'ordre dans tout cela.

J'ai un doute. Un affreux doute. Mais c'est Lisa qui se lance :

« Mais... tu ne nous avais pas dit que ton père était mort ?

– Oui. Il est mort. En 83.

– Ah.

– Et ta mère ?

– Elle est morte aussi.

– Ah.

– Alors, c'est une erreur de destinataire, je vois que ça.

– C'est ce que je pensais, mais il y a mon nom sur l'enveloppe.

– Peut-être que l'enveloppe est destinée à un homonyme.

– Si j'avais un homonyme dans mon immeuble, je m'en serais rendu compte, vous ne croyez pas ?

– Mais c'est complètement fou cette histoire, alors !

– Peut-être. Mais ça me fait plaisir d'avoir des nouvelles de mes parents. »

Et c'est vrai qu'il ne donne pas l'impression d'être malheureux. Perturbé mais pas malheureux. Nous passons le reste de la soirée à faire des hypothèses, à deviner qui pourrait lui écrire. Nous envisageons de faire tourner une table du café, de convoquer les esprits, de demander son avis à une vieille voyante qui extirperait la solution de sa boule de cristal.

C'est en rentrant chez moi que je réalise que je suis presque déçu de ne pas leur avoir parlé de Pierre-Jean ce soir.

CHAPITRE 7

Pas de pot de départ aujourd'hui. Pas de retraite, pas de Noël de l'entreprise, pas de chasse aux œufs de Pâques, pas d'expert-comptable sur le dos, un lundi tranquille. Un lundi qui aurait pu être tranquille. Ils ont installé un distributeur d'eau à quelques mètres de la porte de mon bureau. « Ça ne te gène pas si on le met là ? » La machine est à peu près silencieuse. Ses utilisateurs ne le sont pas. Ses utilisateurs sont surexcités. Une véritable oasis tout en plastique et transparence. Je suis surpris qu'ils n'aient pas organisé une petite cérémonie avec le président pour couper un ruban rouge. Rien de tout ça. Des hommes en blouse sont venus l'installer, nous ont expliqué comment changer la réserve et sont repartis en sifflotant. Un moment de calme a suivi. Des hommes et des femmes ont ensuite tourné autour, comme des esquimaux découvrant un arbre pour la première fois. Ils l'ont reniflée, se sont approchés, l'ont touchée du bout des doigts, ont appuyé sur un bouton, puis un autre. Une fois assurés que l'objet était inoffensif, ils se sont jetés dessus et ne l'ont plus lâché de la journée. Jamais mes collègues n'ont eu aussi soif qu'aujourd'hui.

À croire qu'ils n'avaient pas bu la moindre gorgée de la semaine uniquement pour pouvoir utiliser l'un des gobelets en plastique blanc qu'ils prennent soin de bien froisser avant de le mettre dans la corbeille.

Dorénavant, je pourrais, si je le désirais, tenir un journal de tous les ragots de mon étage. Je n'en ai pas envie. Les entendre est une souffrance suffisante. Les progrès du petit, le barbecue du week-end, les problèmes de moteur de la nouvelle voiture, les tournois de tennis... Et je passe les réflexions grivoises sur la stagiaire du premier étage ou la réceptionniste du rez-de-chaussée. Les désirs de promotion, les trahisons professionnelles, les ambitions personnelles, untel qui n'a pas donné le rapport qu'il avait promis pour ce matin, unetelle qui fait des ronds sur les *i* et qu'on ne les supporte plus ces ronds sur les *i*, c'est quand même pas compliqué de faire des points sur les *i*, il faudrait que quelqu'un le lui dise mais c'est à qui de le lui dire ? Machin ne dit plus bonjour à personne et on espère qu'il n'a rien de grave, mais tout de même, il pourrait faire un effort, on a tous nos problèmes, si on ne dit plus bonjour au moindre souci faut pas s'étonner que la boîte aille mal. Ah bon la boîte va mal ? Pas tant que ça mais regarde ce qui s'est passé chez le concurrent.

J'apprends donc que le concurrent a mis la clef sous la porte parce qu'ils ne se disaient plus bonjour.

Et puis ils oublient. Ils oublient que mon bureau est juste derrière le distributeur. Ils oublient que les maigres centimètres de la cloison me permettent de tout entendre. Ils oublient que s'ils ne me voient pas, je peux néanmoins les entendre. Ils oublient que si je ne participe jamais aux pots de départ, si je ne m'attarde jamais auprès d'eux, j'existe réellement. Et ils n'ont pas apprécié que je ne participe pas au pot de départ. Et ils n'apprécient pas que je ne m'attarde jamais avec eux. Ils me reprochent de vivre reclus. Ils se demandent ce que je fais chez moi le soir, si j'ai une famille, des enfants, une femme, des amis. Ils se demandent si quelqu'un m'a déjà vu sans mon écharpe. Ils se demandent ce qu'il y a dessous, si j'ai eu un accident, si j'ai un menton. Je n'écoute plus. Je n'écoute plus. Je n'écoute plus. Je compte, je décompte et, éventuellement, je recompte.

Je suis comptable.

Ma demi-heure de métro suffit à me changer les idées j'oublie progressivement le bruit des gobelets froissés, bercé par l'ennui et le rythme des rames qui se croisent, s'arrêtent et redémarrent tout en me priant fort aimablement de faire attention aux pickpockets qui sont susceptibles d'agir dans cette station.

La boulangère constate un temps couvert avec quelques éclaircies passagères et précise que, avec l'hiver qui nous attend, il faut en profiter. La femme au chien ne me salue pas, ne me voit pas.

Ce soir, les deux vieux sont venus avec une dame plus jeune d'une bonne vingtaine d'années. Elle pourrait être la fille de l'un des deux, mais je ne saurais dire duquel. Elle est chic : petit tailleur boudinant son embonpoint. Elle a commandé une tisane sans sucre, surtout sans sucre parce qu'elle fait attention. Elle ne précise pas ce à quoi elle fait attention, mais les deux vieux semblent le savoir. Lisa ne lui en demande pas plus, c'est une pro. Elle sait y faire avec les clients qui font attention et qui ont un petit regard entendu. Elle apporte une tisane et deux verres remplis d'un liquide jaune avant de venir se joindre à nous.

C'est Thomas qui demande la suite. « Quand le vin est tiré, il faut le boire. » Je ne fais pas mine de ne pas comprendre. On dirait bien que c'est à moi de jouer et que ce n'est pas négociable. J'endosse mon nouveau costume tout neuf du gars qui se retourne vers son enfance. Tout neuf ou tout vieux, j'hésite, tant j'ai l'impression de bondir dans le passé à chaque évocation. C'est à peine si je reconnais ma voix et je me surprends à utiliser des mots dont je ne me sers jamais, des mots de mon enfance liés à des sensations oubliées. Ma jambe recommence à battre nerveusement, ma voix recommence à trembler. Mon corps a décidément des rituels que je ne contrôle pas.

Certains disaient que mon grand-père était fou. Ils le disaient en souriant devant lui ou en levant les yeux au ciel dès qu'il avait le dos tourné. Moi, je crois qu'il était fantaisiste. C'est ce que m'avait dit la marchande de journaux. J'aimais bien le terme « fantaisiste ». Je ne savais pas exactement ce que ça voulait dire, mais je savais ce que signifiait le mot « fou »...

Ce qui est certain, c'est qu'il avait une imagination débordante et que parfois, celle-ci prenait le pas sur la vie réelle. « La vie est trop courte pour s'accommoder de tout ce qui va de travers. Il ne faut pas hésiter à rêver, les rêves c'est pas fait pour les chiens. Et c'est gratuit. »

« Rêveur fantaisiste », je crois que c'est ainsi que la marchande de journaux voyait mon grand-père. Il la faisait rire en lui racontant des histoires. Un peu comme celles auxquelles j'avais droit. Ce n'était pas la grosse

Histoire qui laisse des traces sur le visage des enfants, mais des histoires qui font rire les femmes qui vendent des journaux et des cigarettes.

Moi, je ne les comprenais pas toujours. Quand je l'accompagnais, je voyais bien que les gens l'aimaient et qu'il racontait des tas de choses qui provoquaient des éclats de rire. Mais je ne savais pas encore que tout n'était pas vrai. C'était comme une sorte de comédien qui se déplaçait. Sa scène, c'était la rue, et son public, les gens qu'il y croisait.

Il y avait chez nous une toute petite pièce au fond de l'appartement. C'était là que l'on entassait tout le bric-à-brac qu'il ramassait pour le bricoler un jour. Il y avait des roues de vélos sans vélo, des planches de bois avec des clous rouillés qui dépassaient, des abat-jours, des têtes ou des membres de poupées, des tiroirs, des bouts de petits trucs et de gros machins. Une sorte de caverne d'Ali Baba dont les quarante voleurs n'auraient su que faire.

C'est dans cette pièce que se trouvait également un vieil évier. Je n'ai jamais su s'il avait toujours été là ou si mon grand-père l'avait ramassé dans la rue. Toujours est-il qu'un jour il m'a raconté qu'il ne pouvait pas s'en débarrasser parce qu'il servait de bocal à un gros poisson.

Je ne l'ai jamais vu ce poisson. C'était un poisson que l'on ne voyait que la nuit, un animal craintif qui n'osait monter à la surface que lorsqu'il se sentait en sécurité. Il y avait certes de l'eau dans ce vieil évier. Du haut du mètre que je devais mesurer à l'époque, il me semblait très profond, mais je pense que, si je le revoyais aujourd'hui, toute cette histoire me paraîtrait ridicule.

De temps à autre, le soir, nous éteignions toutes les lumières et nous faufilions sans un bruit jusque dans le cagibi. Nous prenions garde de ne rien heurter pour ne pas alerter la bête. Papy Pierre-Jean me soulevait alors et nous la guettions. Je jurais plus d'une fois que je l'avais aperçue, mais plus je grandissais et moins je la voyais.

Souvent, j'interrogeais mon grand-père pour savoir comment vivait le poisson, de quoi il se nourrissait. « C'est un poisson qui ne mange pas », me répondait-il. « C'est un poisson qui attend. »

Les vieux aussi attendent. La dame leur lance un regard approbateur, mais ils semblent déçus lorsqu'ils prennent conscience que j'ai achevé mon récit. Lisa se lève pour remettre un peu de musique et leur demander s'ils veulent autre chose. Ils ne veulent rien. Juste régler et s'en aller. Nous les suivons de peu, en nous promettant de vérifier dans nos éviers que de gros poissons n'y aient pas élu domicile. Pour attendre.

CHAPITRE 8

Sept heures du matin. Je maudis mon réveil. Non pas à cause de l'heure, mais parce qu'il me tire d'un rêve dans lequel je me serais bien prélassé quelques éternités de plus. Il y avait Lisa. Cela suffisait à mon bonheur. C'était en quelque sorte notre première nuit ensemble.

En préparant mon café, j'essaye de recoller les morceaux, de rattraper ces images qui s'effilochent. Je sais que je n'ai pas beaucoup de temps, bientôt, il ne me restera plus rien de ce rêve : juste une impression.

Je me souviens que nous étions seuls, elle et moi. Nous étions enfants et nous nous cachions sous une table dont la nappe débordait, nous dérobant à la vue des autres. Il y avait des bruits de couverts, de verres qui s'entrechoquent et des éclats de voix. C'était à un mariage ou une cérémonie dans ce goût-là. Nous ne parlions pas ; comme le poisson de l'évier, nous attendions, invisibles. Je ne saurais dire quoi, mais nous étions bien. Nous nous serrions dans les bras l'un de l'autre. Je rêve souvent que l'on me prend dans ses bras. Mais c'est la première fois que ces bras appartiennent à Lisa.

Une journée à compter sans penser, à peine distrait par la fontaine à eau, qui continue à exciter mes collègues. Je compte pour ne plus les entendre, je compte pour ne pas me laisser embarquer par les réminiscences chimériques, je compte pour attendre le coucher du soleil, je compte parce que c'est mon métier. En fin de journée, pour profiter de ma lancée, je compte les stations du métro : seize. Je compte le nombre de passagers dans mon wagon : trente-deux. Je compte le nombre de baguettes posées verticalement derrière la boulangère : quatorze. Je compte le nombre de femme au chien : une. Je compte le nombre d'événements surprenants qui se sont produits depuis ce matin : zéro. Mon rêve était bien mieux que cette journée. Comme me le répétait mon grand-père, la réalité est un peu surfaite.

L'ouverture de la porte la fait se retourner. La porte grince quand il fait froid, quand il pleut ou quand il fait trop chaud, c'est-à-dire à peu près tout le temps. Les images me reviennent en rafale. Moi qui avais peur de les laisser filer, je les vois réapparaître après toute une journée. J'ai du mal à garder mon calme. J'entends mon cœur frapper contre ma chemise et faire vibrer ses boutons. Son sourire n'arrange pas mes affaires. Et si nous allions sous une table ? Mais il n'y a pas de nappe, il n'y a pas de fête, ni mariage ni communion, il n'y a pas de verres qui s'entrechoquent, il n'y a pas de bruit de couverts, il n'y a pas d'éclat de voix. Il n'y a pas. Il n'y a que mon rêve. Nous ne sommes plus des enfants. *Forbidden Planet*.

Elle me regarde toujours, surprise de me trouver là. Pourtant je suis là, comme tous les soirs. Comme toutes les semaines, comme tout le temps. Je suis chez moi, ici. C'est notre maison commune. Lisa et moi formons une sorte de couple... Avec Sam et Thomas. Un drôle de couple de quatre personnes. Un couple qui ne se touche pas, cela va sans dire. Un couple sans bras qui m'enserrent. *Forbidden Planet*.

Dans ce couple à quatre, Lisa occupe une place à part. Elle en est le centre, elle est mon centre. Certainement la moins bavarde. Certainement la plus souriante. Certainement celle dont les bras me manquent le plus. Alors je me contente de la regarder et de la rêver. Je regarde sa main repousser une mèche de ses cheveux et je rêve de la mienne qui caresse sa nuque. Je regarde ses mains effleurer le comptoir et je rêve que c'est sur moi qu'elles se posent. *Forbidden Planet*.

Les clients fantômes ne font pas partie de ce couple. Les clients fantômes, ce sont les autres. Ceux qui consomment, payent et s'en vont. Les silencieux, les bavards, les gens de passage. Nous n'avons rien contre eux, au contraire, ils font tourner les affaires et tinter le tiroir-caisse. Certains sont même plutôt sympas. La plupart sont polis. Certains ont des bonnets en hiver et des lunettes de soleil en été. D'autres sont habillés de la même manière quelle que soit la saison. Beaucoup d'hommes, quelques couples légitimes et d'autres illégitimes. Les femmes seules sont rares. En général, elles sont bien habillées, tailleur et talons hauts. Parfois des étudiants, souvent des retraités. Quand il pleut, il y a ceux qui entrent en catastrophe et qui mettent une heure à choisir la consommation la moins chère, en attendant que l'averse passe ; ils jettent des regards inquiets vers l'extérieur, comme si l'eau allait pénétrer dans le café et les emporter ; comme des animaux pris au piège, ils s'ébrouent et paraissent étonnés de se trouver là. Ils auraient pu entrer dans un magasin de vêtements et acheter un tee-shirt mais ils sont dans un café et commandent un café. Les enfants prennent un jus ou une sucette. Pas souvent, la sucette, parce qu'une sucette ça occupe mais ça colle, alors il faut demander où se trouvent les toilettes pour aller laver les petites mains. Les toilettes sont au fond à gauche. Les toilettes sont toujours au fond à gauche. Et si elles n'y sont pas, c'est qu'elles se situent juste en face. Mais on interroge au cas où. De peur peut-être de se perdre ou que le patron ne se demande où l'on va comme ça sans demander la permission et sorte une arme de derrière le comptoir. Personne ne veut mourir parce qu'il n'a pas demandé où se trouvaient les toilettes, alors on demande et on attend la réponse : au fond à gauche.

Sam arrive, tenant une nouvelle enveloppe à la main. Je l'interroge du regard. « Ma mère », me répond-il dans un demi-sourire.

« Les nouvelles sont bonnes ?

– Je vous laisse juger. »

Mon petit,

Cela m'a fait très plaisir d'avoir de tes nouvelles. Tu es en bonne santé et cela nous rassure, ton père et moi. Ici tout va pour le mieux dans le meilleur des mondes, comme le disait Diderot ou Voltaire (à moins que ce ne soit Montaigne ?). Peu importe : nous allons bien. Ton père s'est mis au golf, ou au tennis, enfin, je ne sais plus, je sais que c'est un ex-sport de riche et que ça lui fait plaisir. Il voudrait que je l'accompagne, mais je n'ose pas trop laisser mes plantes sans surveillance pendant toute une journée ; tu sais, les voi-

sins sont très méchants et je crois qu'ils veulent leur mort. C'est assez difficile à supporter et je préfère donc monter la garde.

Te souviens-tu du petit Corentin ? Le fils de la coiffeuse ? Figure-toi qu'il a fait sa première communion. C'était une très belle fête (j'ai vu les photos). Il a eu plein de cadeaux : un déguisement de footballeur, un petit ordinateur et une tondeuse à gazon qui a fait très plaisir à son papa. C'était une fête très pieuse et ils étaient contents. La coiffeuse va très bien elle aussi, mais pas aussi bien que la shampouineuse, qui a trouvé un jeune homme très bien. Rassure-toi, je ne vais pas te donner des nouvelles de tout le quartier.

Je ne m'intéresse plus aux papillons : ils ne sont pas très sympathiques. Tu sais, un animal épinglé, ce n'est rien de plus qu'un bibelot. Je préfère les perroquets. Je vais peut-être en acheter un, si ton père me l'autorise... J'en suis tout excitée ! Ce serait un peu comme un rêve qui se réaliserait : tu connais ma passion pour les animaux qui parlent.

Je t'embrasse.

PS : J'ai arrêté de travailler. C'était trop dur et ton père m'a dit qu'il gagnait assez pour nous deux.

Silence embarrassé. Comme après la lecture de la lettre précédente, c'est Lisa qui ose poser la question.

« Tu lui as répondu ?

– Bah, non. Comment j'aurais pu, il n'y a pas d'adresse d'expéditeur.

– Et tu trouves pas ça un peu bizarre ?

– Si, mais c'est pas grave. Ils ont l'air d'aller bien. C'est le principal. »

D'un geste, il chasse les éventuelles autres questions. Pour lui, l'affaire est close. C'est son jardin secret. Un jardin à moitié secret puisqu'il le partage avec nous, mais un jardin dans lequel nous avons interdiction de piétiner les plates bandes.

Thomas arrive enfin. Il a déjà dégainé sa cigarette et le fermoir de son Zippo danse dans sa main. Il paraît agité.

« Champagne Lisa !

– Hein ?

– J'ai dit : champagne... »

Nous restons tous les quatre dans un silence étonné. Thomas tire sur une cigarette qu'il a du mal à caler entre ses lèvres à cause du sourire qu'il ne peut réprimer. Lisa se penche sous le comptoir, fait quelques pas en arrière, ouvre un placard, un autre, file dans la réserve et revient visiblement soulagée, une bouteille à la main. La porte s'ouvre, un fantôme entre, commande un café qu'il consomme au comptoir. Paye, s'en va. C'était un fantôme furtif, carburant à la caféine. L'une des espèces les plus courantes.

Lisa ouvre la bouteille, Thomas écrase sa cigarette, la deuxième depuis son arrivée, prend la bouteille des mains de Lisa et remplit les coupes une à une, prenant soin de ne pas trop les faire mousser. Les verres tintent, comme dans mon rêve. Des rires, comme dans mon rêve. Le regard de Lisa croise le mien, pas tout à fait comme dans mon rêve.

« On trinque à... mon roman !

– Ton roman ? Ça y est, tu l'as fini ?

– Ce matin. Écrit, lu et relu.

– Félicitations ! Et alors... Quand aurons-nous l'honneur de le lire ?

– Je ne sais pas trop... J'hésite encore. C'est assez personnel.

– Personnel ? Mais tu ne vas le faire lire à personne, alors ?

– Je ne sais pas.

– Tu ne vas pas l'envoyer à des éditeurs ?

– Je verrai.

– Mais si tu n'essaies pas de le faire publier, si tu ne le fais lire à personne, à quoi cela a servi que tu l'aies écrit ton livre ?

– J'avoue que je ne m'étais pas posé la question.

– Mais tu en es content ? Je veux dire... si tu hésites à le faire lire, c'est parce que tu as peur qu'on le trouve mauvais ?

– Il y a un peu de ça. J'y ai quand même passé beaucoup de temps. Je m'y suis investi, je m'y suis plongé, certains soirs, je me suis même forcé à y retourner. Vous savez quand on se lance là-dedans, on ne sait pas exactement où ça va mener. On pense à une histoire, comme ça, mine de rien, dans le métro. Puis on y pense en prenant son café et on finit par y penser à longueur de journée et on se dit que ça vaut peut-être le coup de "faire quelque chose". Alors, on écrit deux lignes, puis un paragraphe. On passe la page et on se dit "pourquoi pas ?" »

Tout en exposant sa théorie, Thomas ne tient pas en place. Il se lève, s'assoit, porte la coupe à ses lèvres, la repose, se relève, boit une gorgée, sort une cigarette, la porte à sa bouche, approche son Zippo, l'éloigne, repose sa cigarette, la remet, l'allume, la pose dans le cendrier, tire une latte, boit une gorgée, attrape une nouvelle cigarette avant de la reposer immédiatement. Il est ailleurs. Il est encore dans son roman.

« À vrai dire, c'est une sensation assez bizarre. Je suis à la fois fier et content de l'avoir achevé... Et en même temps, je me demande ce que je ferai demain. Et puis, je ne sais pas s'il y a de quoi être fier. Vous savez, je suis content d'être arrivé au bout, sans savoir exactement si la qualité est au rendez-vous.

– Moi, j'aimerais bien le lire, souffle Lisa. Je ne jugerai pas, je ne te dirai même rien si tu veux.

– Le problème, c'est que si tu ne me dis rien, je saurais que tu n'as pas aimé... Et je ne suis pas sûr d'être prêt pour ça.

– Pas très sûr de toi...

– Quand on écrit, on n'est jamais sûr de soi. J'ai lu tellement de bons livres que je ne pense pas être au niveau... Mais je sais aussi qu'il y a bien plus mauvais. Mais qu'y a-t-il de pire que de lire un mauvais livre ? Lire le mauvais livre d'un ami... Et je ne veux imposer ça à personne. »

Nous restons silencieux un moment, méditant sur ses paroles. Partant de ce principe, pouvait-on prendre le risque de le lire ? Personnellement je ne suis pas très chaud. Parce que dire à un ami que son livre est mauvais, je n'y tiens absolument pas. Cela dit, son livre peut être aussi très bien. Il y a forcément quelque chose à sauver là-dedans, quelque chose de positif à en dire.

« Et si justement, tu nous le faisais lire afin que nous te donnions notre avis ? Cela pourrait peut-être t'aider à l'améliorer, à avoir une idée plus précise de sa qualité ?

– Hum... Je ne suis pas écrivain et je n'ai pas cherché à écrire une œuvre parfaite. Je l'ai écrit parce que j'aime écrire. Et que... Enfin, c'est le seul moyen que j'ai trouvé pour parler à mes enfants. »

Il se mord la lèvre. Il n'avait pas parlé d'eux depuis longtemps, mais comme à chaque fois que la conversation devient personnelle, il oublie que ses enfants n'ont jamais existé. Pour ne pas nous montrer son trouble, il enchaîne rapidement :

« Si ça plaît tel quel, tant mieux. Mais je ne veux rien y changer, même si la qualité du texte doit y gagner. Ce livre, comme je vous le disais, c'est une partie de moi... Et si j'y apporte des modifications extérieures... ça ne sera plus pareil. Et puis, c'est fini, c'est fini. À présent, je veux passer à autre chose. Je vais peut-être le jeter et écrire le suivant.

– Bon alors... trinquons ! »

Alors que nous finissons la bouteille, les deux vieux reviennent avec la même dame que la veille accompagnée d'un couple d'une quarantaine d'années. Ils nous saluent tout en s'asseyant autour de la table. Le nouveau couple est hésitant, cherchant des yeux l'approbation de Lisa, comme s'ils avaient besoin de sa permission pour s'asseoir. Après avoir pris leur commande, elle remet un peu de musique. « Sous quelle étoile suis-je né ? »

« *Love me, please love me*, 1967 ! » s'écrit Thomas.

Lisa vérifie sur la pochette du trente-trois tours et lui fait signe qu'il a tout bon. Pas mal pour quelqu'un qui n'écoute que du classique. Mais Polnareff, c'est un peu du classique.

Nous écoutons le premier morceau en gardant le silence.

Les plus anciennes étoiles dont je me souviens sont celles que m'a montrées mon grand-père. Parfois le soir, il m'emmenait hors de Paris. Nous prenions une voiture.

Pas la sienne : il n'en avait pas. Mais un de ses amis lui en prêtait une en échange de différents services.

Nous attendions que la nuit tombe. Nous remplissions un sac de pain et de fromage, parfois d'un bout de jambon. Et nous partions. J'adorais traverser la ville avec mon grand-père au volant. Il n'avait pas l'habitude de conduire et chaque croisement était une aventure. Assis sur le siège du passager, je devais surveiller la route qui venait sur la droite et le prévenir si un autre véhicule arrivait. Il détestait freiner : il estimait qu'une voiture était faite pour avancer, non pour s'arrêter. À chaque intersection, il ralentissait un peu et, si la voie était libre, il fonçait. Si une voiture se montrait, il fonçait également, mais dans un mouvement brusque, incertain. Son visage se crispait et sa moustache frémissait. Parfois on klaxonnait. Souvent, nous nous faisions insulter. « Chauffeur du dimanche. » Mon grand-père me regardait en souriant : « Je ne conduis jamais le dimanche... Tu vois, même les gens qui sont dans leur bon droit peuvent avoir tort. »

Enfin, nous sortions de Paris. Les maisons s'espaçaient et les lumières de la ville diminuaient progressivement jusqu'à devenir invisibles. Là, il arrêtait la voiture sur le bord d'une route. Il sortait, levait la tête, puis remontait et nous emmenait plus loin. Il prenait une autre route, plus petite, puis un chemin. Le moteur se calmait, comme si la ville et ses trop nombreux croisements l'avaient irrité et qu'il pouvait enfin se reposer un peu.

Pierre-Jean tournait la clef. Le silence. Toujours le sourire aux lèvres, il me demandait de fermer les yeux, faisait le tour de la voiture et venait m'ouvrir la porte. Il avait au préalable disposé une couverture sur le sol pour que je m'y étende. Je sentais alors qu'il venait s'allonger à côté de moi. J'entendais le craquement d'une allumette et sentais l'odeur de sa cigarette. « Ça y est, me disait-il, tu peux ouvrir les yeux. »

C'était comme un tour de magie. D'un seul coup, le ciel s'était empli de milliers de petites lumières.

Alors que je laisse traîner la fin de ma phrase, mon regard est attiré par l'étrange tablée qui s'est installée tout à l'heure. Ils sont à présent tous les cinq alignés face à moi, m'écoutant religieusement. La dame qui était là hier me fait un signe discret pour me signifier de continuer. Tout en remplissant une nouvelle fois mon verre, je reprends mon récit.

Chaque fois, je lui posais la même question :

« Tu me montres où ils se trouvent, s'il te plaît ? »

Il tirait longuement sur sa cigarette et recrachait la fumée au-dessus de nos deux visages, voilant un instant le spectacle des étoiles. Il pointait deux doigts vers le ciel. Deux doigts entre lesquels rougissait sa cigarette.

« Là, se trouve le boulanger. Un peu à droite, il y a le docteur. Tu vois ?

– Et la femme du boulanger, elle est où ?

– Avec lui. Ils sont tous ensemble. Il y aussi leur fils. Antoine. Tu te souviens ?

– Un peu, je crois.

– Vous jouiez souvent ensemble. Tu l'aimais bien.

– Et Nicolas, il est où ?

– Nicolas... Attends, que je le retrouve... voilà : regarde, tout à gauche. Avec ses parents. Eux non plus ne se quittent plus.

– Et le gros monsieur qui était toujours au bistrot, tu te souviens ?

– Le gros monsieur... le père Bernard ?

– Je sais plus trop... un gros monsieur avec une moustache.

– Oui c'était le père Bernard. Regarde, il a trouvé un nouveau bar... J'ai l'impression qu'il a encore grossi !

– Et les deux qui jouaient tout le temps aux cartes, ils sont avec lui aussi ?

– Oui, ils sont avec le père Bernard... toujours à jouer aux cartes.

– Et les bébés ?

– Ce sont toutes les petites étoiles, celles qui ne brillent pas beaucoup... Elles vont encore grandir mais il faut leur laisser un peu de temps.

– Et y'a des Allemands avec eux ?

– Non, aucun. »

Le soir où je lui ai posé cette question que je regrettai aussitôt, mon grand-père a soufflé de la fumée en restant silencieux l'espace d'un instant. J'ai craint d'avoir abordé un sujet tabou, mais il a passé son bras autour de mon cou et m'a pressé contre lui. J'avais l'impression d'être minuscule, blotti contre son mètre quatre-vingt-cinq.

Il connaissait le nom de toutes les constellations. Chaque fois, il m'en apprenait une nouvelle. Parfois, nous refaisions le tour ensemble, et je devais les reconnaître. Ce n'était pas les noms que l'on trouvait dans les livres ou les cartographies du ciel. Il estimait que les étoiles étaient à tout le monde et que vu que nous avions peu de chances d'y aller un jour, nous avions bien le droit de leur donner le nom que nous voulions. « Ce sont les Grecs qui ont choisi le nom des étoiles... m'expliquait-il. Et étant donné que toi et moi, on ne connaît aucun Grec, il n'y a pas de raison qu'on se laisse emmerder par eux ! » Il y avait le Tire-bouchon, le Vieux Barbu, le Cycliste fou, les Montagnes russes, la Casserole bouillante, le Parachute... Ma préférée était le Musée Grévin. Drôle de nom pour une constellation. Il l'avait choisi parce que c'était un amas d'étoiles. Tout un ensemble où l'on pouvait voir ce que l'on voulait...

CHAPITRE
9

Une superbe ambiance dans le métro aujourd'hui : les gens chantaient, tapaient dans leurs mains, se serraient dans les bras, dansaient. Des confettis volaient entre les wagons, des couples s'accouplaient, des paralytiques marchaient, des hôtesses de l'air volaient dans les couloirs, un raton lavait, un valet bavait, un abbé badait, un dadais se dandinait d'un air innocent, les mouches volaient à reculons, les journaux étaient imprimés de toutes les couleurs, les balayeurs vidaient les poubelles sur le sol, les contrôleurs remboursaient les billets et le conducteur n'autorisait la descente des passagers qu'entre les stations. En partant, les passagers s'échangeaient leurs numéros de téléphone se promettant de remettre ça sur la ligne 12 le lendemain.

Ou alors j'ai rêvé.

Ou alors ils faisaient la gueule.

Ou alors ils ne faisaient ni la gueule ni la fête, ils regardaient le temps passer comme dans une chanson vide, serrés les uns contre les autres parce que le métro, c'est quand même ce qu'il y a de plus rapide. Mais il me semble bien avoir entendu une chanson. Une chanson et une guitare. À bien y réfléchir, ce n'était pas vraiment la fête. Ça sentait plutôt la misère. La voix était éraillée et la guitare, désaccordée. Les usagers baissaient la tête. Certains cherchaient une pièce. Pas tous. Pas moi.

La boulangère est aphone, je n'aurais donc aucun indice sur le temps qu'il a bien pu faire aujourd'hui. J'hésite à lever les yeux au ciel en sortant mais me dis qu'elle peut bien emporter son secret avec elle. Sans l'avis de ma boulangère, la météo n'existe pas.

Je rentre chez moi une feuille de salade collée sous la chaussure. Je repasse la porte, me frotte le pied sur la première marche. Celle qui monte vers l'étage supérieur et que je ne risque pas de recroiser en sortant. J'aurais pu la garder chez moi mais elle aurait été mal assortie au tapis de l'entrée. Et si elle peut faire plaisir à un voisin, on ne va pas se gêner, c'est peut-être ça la générosité moderne.

Une mouche profite de l'ouverture de la porte pour entrer sans se donner la peine de frapper.

Les mouches n'ont aucune éducation.

Elle bénéficie de tout ce qui peut l'intéresser dans la cage d'escalier. Que peut-elle espérer trouver de mieux chez moi ? Qu'a-t-elle reniflé de si alléchant ? Quelle espèce de rêve fou peut-elle donc entretenir pour abandonner l'abondance du couloir sans le moindre regard ? Je la suis, claque la porte et guette ses faits et gestes. Elle est collée au mur et se frotte les pattes avant. Elle attend. Les mouches aiment attendre, c'est là une de leurs occupations favorites. Décidant de ne pas céder à mon premier réflexe qui serait de l'écraser à l'aide d'un journal, je me sers un verre et m'installe dans mon fauteuil.

La mouche n'a pas bougé. Elle attend toujours. Je me demande si elle regrette son choix. Si elle regrette les poubelles, les boîtes de conserve et les épluchures de légumes. Peut-être a-t-elle fait une orgie et cherche-t-elle à calmer ses douleurs d'estomac avant de remettre le couvert.

La mouche se décolle du mur, sans le moindre atermoiement semble-t-il, fait quelques boucles dans les airs avant de se poser quelques centimètres plus loin. Je me tourne légèrement et lui demande pourquoi. Pas de réponse. De ce point de vue-là, l'animal est sans surprise. À quoi bon s'être extirpée de sa place initiale, avoir effectué des centaines de battements d'ailes pour se poser à moins d'un mètre de sa position de départ et reprendre exactement la même activité : se frotter les pattes antérieures. J'aimerais connaître l'idée qu'elle a derrière la tête, savoir ce qu'elle mijote, si elle attend que mon attention se relâche pour se livrer à quelque occupation extraordinaire, danser un cha-cha-cha ou faire une série de cinquante pompes sur une seule patte.

Je prends d'une main *La Conscience de Zeno*, histoire de guetter d'un œil la réaction de l'insecte lorsqu'il estimera – à tort – que je ne ferai plus attention à lui. Trois petits tours et puis se recolle... à quelques centimètres de sa place d'origine. Mais qui croit-elle berner ? Je suis vigilant et discret : j'ai à peine levé un sourcil. Elle n'a pas pu s'en rendre compte. Pourtant, elle ne doit pas juger le moment opportun pour se livrer à son activité mystérieuse. Toujours pas de petit exercice de musculation ni le moindre pas de danse.

Je détends le bras, le plus lentement possible, essayant de paraître naturel, prenant garde à ce qu'aucun de mes mouvements ne me trahisse.

Une dizaine de cigarettes plus tard, la mouche n'a toujours rien fait d'intéressant.

J'abandonne.

Je tousse. D'abord doucement puis, pris d'une quinte, plus fort. La mouche ne réagit pas. Je pourrais fumer toutes les cigarettes du monde qu'elle n'aurait d'autre activité que de voleter de droite à gauche, surexcitée à l'idée de ne rien faire d'autre que de se frotter frénétiquement les pattes avant. Les mouches sont décidément des glandeuses hyperactives.

Comme hier, la dame au chien ne me voit pas. Elle est donc parvenue à effacer notre rencontre de sa mémoire et je l'en remercie. Si elle me préfère invisible, je la préfère inconnue.

J'arrive au café où tout le monde est en place. Tout le monde et bien plus que d'habitude. Il y a bien entendu Lisa, Sam et Thomas. Mais également les deux vieux et la dame du premier jour, le couple d'hier soir et trois autres clients que je n'avais jusqu'ici jamais vus, tous assis à la même table, déjà servis. Étonnamment, mon arrivée semble les soulager.

À peine le temps de saluer mes amis que je suis pris d'une nouvelle quinte de toux qui me fait regretter mon observation zoologique. La dame du premier soir, qui jusque-là ne m'avait jamais adressé la parole, me lance : « Vous fumez trop jeune homme, ce n'est pas bien. Votre grand-père ne serait pas content ! » Sam me tire une chaise m'obligeant à m'asseoir, tandis que Lisa m'apporte un verre d'eau. J'hésite, mais finis par répondre à la dame.

Vous savez, mon grand-père fumait beaucoup. Trop. Il paraît qu'on fume toujours trop. Mais lui, il fumait *beaucoup* trop.

Quand on lui demandait combien de cigarettes il fumait par jour, il ne savait pas répondre. Il esquissait un sourire, son fameux sourire triste des yeux, et répondait par une pirouette : « Moins qu'un train », ou « tant qu'il reste des cigarettes quelque part, je ne me fais pas de souci », ou encore « je fume donc je suis ». Je ne comprenais pas cette dernière réponse, mais elle avait l'air de lui plaire.

Toujours est-il que je n'ai jamais connu le nombre exact de cigarettes qu'il fumait en une journée. Il y avait des paquets dans tous les coins de l'appartement ; il n'avait qu'à tendre le bras, où qu'il se trouve, pour satisfaire son vice. Partout, des cendriers débordaient. L'appartement sentait le tabac. J'aimais beaucoup cette odeur. Pour moi, c'était l'odeur de mon grand-père.

Sous sa moustache blanche, une cigarette. Entre son index et son majeur, une cigarette, sur le rebord de l'évier, une cigarette. Parfois il oubliait la présence de celle qu'il venait de poser ici ou là et s'en allumait une deuxième. Il avait des gestes machinaux : il prenait son paquet souple de la main gauche, tapotait légèrement dessus, en faisait ressortir le cylindre blanc, la portait à la bouche et, de sa main droite, saisissait une boîte d'allumettes, qu'il grattait et approchait de son visage, qui s'illuminait. Il expirait et soufflait un nuage de fumée. Pour moi, c'était de la magie. Tout cela en un seul geste ou presque. Un mouvement unique et fluide.

Ses yeux se désintéressaient de ce qui se produisait.

Un jour que je lui demandais comment il faisait pour allumer une cigarette sans même la regarder, il me répondit : « Quand tu marches, tu ne regardes pas tes jambes et quand tu respires, tu ne regardes pas tes poumons... »

Ça m'avait troublé et, l'espace de quelques secondes, je m'étais concentré sur ma respiration, réalisant à quel point la vie serait pénible s'il fallait se concentrer sur chaque mouvement de sa cage thoracique.

« Oui, mais n'empêche que ce n'est pas bien de fumer, après vous ne pourrez plus respirer du tout, votre grand-père était un mauvais exemple ! » C'est l'une des nouvelles qui vient de trouer mon récit. Énervés, les autres la rabrouent et lui font signe de se taire immédiatement. S'ensuit un brouhaha dont profite Lisa pour aller nous préparer de nouveaux cafés. La coupable bredouille des excuses, rougit, dit qu'elle ne recommencera pas, ce à quoi les deux vieux lui répondent qu'y'a intérêt nom de nom, qu'ils l'ont pas amenée ici pour qu'elle donne des leçons de morale et qu'elle aura pas de deuxième chance, qu'elle se le tienne pour dit. Lisa, Sam, Thomas et moi nous regardons mi amusés mi étonnés.

Pierre-Jean lisait assez peu, mais il y avait dans notre appartement *La Conscience de Zeno* d'Italo Svevo et deux ou trois autres livres d'Italo Calvino, si bien que je pensais à cette époque que tous les Italiens s'appelaient Italo. Le manque d'originalité des prénoms transalpins ne me choquait pas outre mesure et je trouvais même assez pratique que les hommes prennent comme prénom le nom de leur pays. Cela permettait rapidement de savoir d'où les gens venaient. L'idée me séduisait dans la mesure où l'on ne m'obligeait pas à m'appeler Francis, François ou Français.

Le premier chapitre de *La Conscience de Zeno* était consacré à la « passion » qu'avait le narrateur pour la cigarette. Il essayait bien d'arrêter et chaque cigarette allumée était pour lui la dernière. Chaque fois, cela correspondait à un événement et le fumeur invétéré notait dans un carnet l'occasion qui lui valait d'allumer sa dernière cigarette.

Pierre-Jean m'en avait lu quelques passages que je ne comprenais qu'à moitié et trouvais même ennuyeux. Pourquoi continuait-il à fumer après sa dernière cigarette ? La situation ne me paraissait pas mériter autant de lignes, ni autant de digressions. Mon grand-père, au contraire, trouvait ça très drôle, mais ajoutait que lui essayait de faire en sorte que chaque cigarette soit la première. « La première du matin », « la première après le café », « la première en sortant dans la rue », « la première après le repas »... Comme ça, m'expliquait-il, il ne ressentait pas la pointe de tristesse qui accompagne l'arrêt d'une passion, fût-elle nocive.

Je ne sais pas à quel âge mon grand-père a commencé, mais je sais qu'il s'est arrêté le jour de sa mort. S'il n'avait jamais eu besoin de voir ses poumons pour les faire fonctionner, il a bien été obligé d'en observer une photo le jour où ils ont commencé à fatiguer.

Je sens bien que j'ai plombé l'ambiance. Je me suis plombé tout seul. J'ai l'impression que mes amis m'ont montré le petit bout d'un fil sur lequel je ne peux à présent m'empêcher de tirer, faisant tout ressurgir sans que je puisse vraiment le prévoir. Je ne le voulais pas. Je n'ai jamais parlé de moi et je sens que je suis au bord d'un précipice. Il me manque le mode d'emploi de la confession. Une fois lancé, c'est comme si mon histoire ne m'appartenait plus et, alors que je suis habituellement si secret avec mon passé, le petit groupe de spectateurs qui se crée au fond de la salle m'encourage à me livrer chaque soir davantage. Comme si j'étais en représentation et que je déroulais le texte écrit par un autre. Mais, immanquablement, je prends conscience que c'est de moi que je parle. De moi et de mon grand-père. Et je dois m'arrêter avant que ma voix ne flanche. Sur le chemin du retour, comme chaque soir depuis que j'ai sorti cette photo de mon portefeuille, je sens monter en moi une vague de tristesse. Je sais bien où tout cela va me mener. Je ne vais pas pouvoir me contenter longtemps de tourner autour du pot et je ne suis pas sûr d'avoir envie d'aller là où mes paroles me portent. Il est encore temps d'arrêter et de relancer une partie de belote. S'il n'y avait pas les nouveaux venus du soir, c'est peut-être ce que ferais. Belote. Rebelote. Et dix de der.

CHAPITRE
10

La poubelle a disparu. Elle a disparu sous les sacs plastiques. Je ne les compte plus. Je ne sais même pas si je sais compter assez loin pour les dénombrer. Il doit y en avoir au moins dix mille. Ou jusqu'à l'infini.

J'ai entendu un jour, dans le métro, un enfant qui expliquait à l'un de ses camarades qu'il savait compter plus loin encore que l'infini. Je l'ai traité de menteur. Comme il insistait, je lui ai demandé de le prouver. Il s'est exécuté mais je suis descendu trois ou quatre stations après, il n'en était qu'à quatre-vingts, ce qui était somme toute un bon départ. C'était il y a un peu plus d'un an. Pour peu qu'il soit persévérant, il doit en être à quelques dizaines de milliers à l'heure actuelle. Ses parents doivent le supplier d'arrêter. J'ai peut-être gâché leur vie.

En ressortant de chez moi, je vois la femme qui court après son chien. Elle lui crie de revenir mais il n'obéit pas. Il a repéré un réverbère et à son pied une auréole qui témoigne de la fidélité des autres canidés du quartier. Je dois reconnaître que c'est un beau réverbère. Et l'auréole est vraiment impressionnante. Si j'étais un chien, je ne manquerais pas de l'honorer. C'est ce que j'essaie d'expliquer à la dame, qui ne me regarde toujours pas. Elle se tient à quelques mètres, les mains sur les genoux, tentant de reprendre son souffle. Le chien la regarde. Il a gagné. Le pauvre ne se doute pas que dans moins d'un quart d'heure plusieurs spécimens de son espèce auront masqué de leur urine l'odeur de la sienne. Quand on se donne la peine d'y penser, c'est assez beau l'abnégation et la naïveté de ces animaux.

La pluie commence à tomber, me contraignant à presser le pas et à reporter à plus tard mes considérations uro-zoologiques. Je salue brièvement la dame, qui ne le remarque pas.

Sam est assis au comptoir, un verre à la main. Il est en chemise à manches courtes malgré le froid. Thomas est légèrement en retrait. Ses yeux brillent, il s'est lancé dans une histoire qui a manifestement du succès. Il n'est pas le roi de ce que l'on appelle les « histoires drôles », mais il a une manière de transcender les évènements bénins pour en faire des récits extraordinaires. Lisa est assise face à lui et elle rit. Elle rit. Je la vois rire et j'aime ce rire. Je la vois rire et je paierais cher pour l'emmener rire sur une île déserte en écoutant *Rubber Soul.* J'aime ce rire et je vendrais mon âme pour être capable de le provoquer. Il y a des rires vulgaires, des rires pincés, mondains, gras, explosifs, tonitruants, jaunes, gênés, nerveux, fous... et il y a le rire de Lisa. J'ai entendu parler de rire cristallin, mais ça ne doit pas être tout à fait ça. C'est quelque chose d'assez différent, de naturel, de confiant, d'heureux, de chaleureux. Difficile à expliquer, mais je l'aime voilà tout.

Je n'ai jamais su la faire rire comme ça.

Les esprits se calment et j'en profite pour demander à Sam s'il n'a pas reçu une nouvelle lettre. Il baisse la tête, l'air coupable. Glissant la main dans sa poche, il en extirpe une enveloppe. La même enveloppe, la même écriture que la dernière fois. Il la dépose sur le comptoir.

Mon petit,

J'ai eu le droit d'acheter un perroquet. C'était fantastique... au début. Mais je crois qu'il ne marche pas très bien : il répète tout le temps la même chose, et encore, on ne comprend pas vraiment ce qu'il dit. Ton père me dit que c'est normal... Tu parles ! Je pense plutôt qu'il n'a pas voulu mettre le prix. Tu sais, il est resté un peu près de ses sous. Enfin, au moins il s'amuse avec son sport de riche : je t'ai dit qu'il s'était mis au billard ?

Les voisins vont bien. Un peu trop même. Cette nuit, ils ont tué une de mes plantes. Les salauds ! Je la revois, hier encore, si fière, si droite dans son pot, me remerciant de ses petites feuilles délicates pour l'eau que je lui versais. Il faut dire que j'avais mis les petits plats dans les grands : je lui ai mis de l'eau écarlate (c'est comme de l'eau, mais en écarlate, donc mieux). Je suis sûre que c'est très bon pour nos amies les plantes. Toujours est-il que je l'ai retrouvée ce matin toute morte, rabougrie dans son pot. Je peux te dire que j'en ai connu des souffrances, mais des comme ça... Une plante innocente, tu te rends compte ? Évidemment, tu connais ta mère, je ne me suis pas laissée faire et j'ai filé direct au commissariat. Ils n'ont rien voulu entendre ! Ils ne se déplacent pas pour une plante. Mais que leur faut-il bon sang ? Ils vont attendre qu'un de mes arbres meure ! ! ! Je suis scandalisée.

Et toi comment vas-tu, à Paris ? La pollution ne te gêne pas trop ? J'ai entendu à la télé que respirer une heure à Paris, c'est comme fumer un paquet de cigarettes. S'il te plaît, essaie de respirer un peu moins, ça me rassurerait. Ton père aussi serait plus tranquille.

Je t'embrasse.

Nous trinquons à la pollution et les rires reprennent autour de nos cigarettes.

Le groupe du fond de la salle s'est passablement agrandi, représentant ce soir une bonne quinzaine de personnes de tous âges. Ils occupent trois tables et commencent à s'impatienter, demandant à boire et à quelle heure ça commence. Lisa me fait un clin d'œil en prenant leur commande. C'est bon pour les affaires, mais j'ai tout de même du mal à m'y habituer. Pour autant, le tremblement de ma jambe est de plus en plus faible et ma voix ne chevrote quasiment plus.

Mon grand-père parlait rarement de ma grand-mère. Peut-être parce qu'elle me manquait, peut-être parce qu'elle lui manquait. Un jour pourtant, je lui avais demandé comment ils s'étaient rencontrés.

« J'étais à Paris pour le week-end. C'était la première fois que je venais. Juste après la Grande Guerre. J'étais sur un boulevard. Un grand boulevard, tout était grand à cette époque : les guerres et les boulevards. Je ne me souviens plus lequel exactement. Parce que ce qui était important, c'est que j'étais sur le dos d'un éléphant. Soyons honnêtes : il s'agissait d'un tout petit éléphant que j'avais trouvé en bord de Seine, sans doute abandonné par un bateau qui avait remonté le courant directement depuis l'Afrique.

Comme j'étais épuisé par une longue journée de touriste solitaire et que mes pas m'avaient guidé aux quatre coins de la capitale, je décidai derechef de monter sur la bête. J'arrivai sur les grands boulevards lorsque l'animal marcha sur une punaise. Pas l'insecte qui empeste quand on l'écrase, mais le petit objet pointu qui sert à accrocher les photos aux murs.

Le pauvre avait une patte crevée. Impossible de continuer. Les passants me regardaient étonnés, certains protestaient parce que j'encombrais le trottoir. Je descendis de la selle afin de voir si je pouvais souffler dans la trompe pour regonfler Alphonse (c'était son nom). Mais en mettant le pied au sol, je marchai à mon tour sur la punaise et me mis à me dégonfler aussitôt. Je perdis deux centimètres, puis trois. Mon corps rapetissait en prenant des formes non répertoriées dans les manuels d'anatomie.

Parmi les badauds, certains applaudirent, d'autres partirent en criant. Mais, à l'instar d'un ballon de baudruche se dégonflant, j'avais du mal à rester sur le sol : je luttais pour ne pas m'envoler en zigzaguant. Heureusement, une jeune femme s'approcha de moi, m'attrapa une jambe d'une main tandis que l'autre farfouillait à l'intérieur de son sac. Elle en retira une rustine qu'elle appliqua directement sur le trou laissé par la punaise. Mon corps se calma, mais j'étais vraiment dégonflé. Il fallait trouver une solution : je ne pouvais pas revenir à la maison comme un édredon éventré. Je regardai la jeune femme d'un œil suppliant. Elle posa ses lèvres sur les miennes et souffla, souffla, souffla jusqu'à ce que je reprenne ma forme initiale.

N'étant pas assurée que sa rustine était d'excellente qualité, elle préféra passer le reste de la soirée à mes côtés. Nous nous quittâmes pour la nuit après nous être donné rendez-vous le lendemain matin... Mieux valait ne prendre aucun risque. Au moment de repartir à la maison, elle m'accompagna jusqu'à la gare. Craignant que les vibrations du train ne fassent sauter la rustine, elle monta avec moi. Elle ne me quitta plus jamais. La rustine ne s'est jamais enlevée... Mais chaque fois que j'étais un peu crevé, elle venait et soufflait, soufflait, soufflait jusqu'à ce que je sois regonflé à bloc. »

J'ai réfléchi un instant avant de lui demander ce qu'il avait fait de l'éléphant. J'aurais bien aimé en avoir un aussi . Même un petit. Même un qui s'appelle Alphonse. Aller à l'école en éléphant, ça aurait quand même été la classe ! Je voulais savoir pourquoi il s'appelait Alphonse et comment il aurait fait s'il n'avait pas eu de rustine, s'il s'était retrouvé accroché à la grille d'un parc comme un ballon de fête foraine.

Il faut quelques secondes avant que le fond de la salle ne se rende compte que je n'ajouterai rien.

« C'est n'importe quoi ce soir.

– Vous croyez qu'il invente ?

– Qui ça, le grand-père ?

– Oui, cette histoire d'éléphant, c'est complètement farfelu, on n'a jamais vu d'éléphant à Paris.

– Si, à Vincennes.

– Vincennes, ça compte pas ! C'est un zoo. Et en plus, c'est pas Paris.

– À mon avis il exagère.

– Peut-être, mais au moins, ce soir, il n'y avait pas d'incitation au tabagisme. »

Le petit groupe se disperse sur ces considérations, rapidement suivi par Sam et Thomas. Je donne un petit coup de main à Lisa en mettant les chaises sur les tables pour qu'elle puisse passer la serpillière. Alors que je m'apprête à regagner la nuit, elle me demande :

« Tu crois qu'il inventait ? »

Je ne peux pas m'empêcher de rire.

« Non, tout est vrai, il me l'a promis. »

Elle me regarde plus sérieusement, avec tendresse.

« Et toi ça va ? Tu sais que tu n'es pas obligé. Tu ne nous dois rien.

– Je sais bien. Je ne suis pas certain de parvenir à vous raconter ce qu'il y a sous mon écharpe. Je suis plus habitué à la fuite.

– Et Pierre-Jean fuyait aussi ?

– Il avait sa propre cicatrice et il devait prendre soin de moi. Il n'avait pas le choix. Il n'avait pas d'écharpe mais appliquait les règles de sa propre réalité quand la sienne ne lui convenait pas. Il n'a rien inventé, il a juste un peu arrangé les choses pour que ce soit supportable.

– Et tu as fait pareil ?

– Non. Je me suis astreint à une vie parfaitement réglée. Du matin au soir, je ne laisse place à aucun imprévu. J'avance dans la vie à la manière d'un robot. J'ai perdu beaucoup de choses trop tôt. Et j'ai mis du temps à réaliser que je vous avais trouvés. L'autre soir vous m'avez fait comprendre que nous étions devenus une sorte de famille sans même que je m'en sois rendu compte. Je me suis attaché à toi, à Sam, à Thomas, à ce café. Alors mon cadre commence à se fissurer. Je ne peux m'empêcher d'imaginer ce que verrait Pierre-Jean s'il prenait le métro aujourd'hui. Je me demande s'il adresserait la parole à cette dame que je croise tous les soirs lorsqu'elle promène son chien ou quel serait le regard qu'il porterait à cette accumulation d'ordures au rez-de-chaussée de mon immeuble. S'il a été capable de voir un éléphant à

Paris, je ne doute pas qu'il aurait sublimé les couloirs de mon bureau. Et ça me plaît bien. Aussi curieux que cela puisse paraître, mon esprit commence à fonctionner comme le sien. J'ai troqué mon écharpe contre un voile qui transforme la réalité.

– Tu veux dire que tu lui accordes une pause ?

– À quoi ?

– À la réalité.

– Disons que je la transforme pour essayer de voir comment elle aurait été perçue par les yeux de mon grand-père. C'est le seul moyen de pouvoir affronter ce qui se cache sous mon écharpe. Tu sais, je crois qu'il a inventé toutes ses histoires pour nous protéger. Si je veux me retourner vers mon passé, il va falloir que je me protège de ma réalité. S'il faut voir un éléphant qui se dégonfle à Paris, je finirai bien par le trouver.

– La vie est trop courte pour être moche, c'est ça ?

– Oui. La réalité est un concept bourgeois. Il va falloir que je m'en affranchisse si je veux renouer avec mon grand-père.

– Vive la Révolution, camarade. »

CHAPITRE
11

Aujourd'hui c'est le drame. Personne ne comprend pourquoi le distributeur d'eau ne fonctionne plus. On cherche des coupables, on ne laissera pas faire.

Ce matin il marchait, à midi il marchait, à quatorze heures il ne marchait plus. Que s'est-il passé à l'heure de la pause déjeuner ? Qui est resté sur place, qui est sorti du bureau, des personnes extérieures au service sont-elles passées ? On interroge, on suspecte, on dresse des listes, on veut des noms, on cherche des mobiles, on doute des alibis. Un technicien doit passer. Il l'a promis. Il l'a promis il y a une heure. Les gens ont soif, ils ont la gorge sèche, ils commencent à paniquer, à se dire qu'il faudrait peut-être s'organiser, aller dans la supérette en bas de l'immeuble pour faire quelques réserves au cas où le technicien ne viendrait pas. Ils se demandent si la boîte les rembourserait et ce qu'il faudrait noter sur la note de frais.

Le technicien a promis il y a cinquante minutes qu'il serait là dans une heure. Il reste dix minutes et il n'est pas là. Mes collègues commencent à se rassembler autour de la machine.

Le technicien a promis il y a cinquante-cinq minutes qu'il serait là dans une heure. Il reste cinq minutes et il n'est pas là. Mes collègues piétinent et regardent leur montre.

Le technicien a promis il y a cinquante-six minutes qu'il serait là dans une heure. Il reste quatre minutes et il n'est pas là. Des rides se creusent sur les fronts soucieux de mes collègues. Et s'il ne venait pas ?

Le technicien a promis il y a cinquante-sept minutes qu'il serait là dans une heure. Il reste trois minutes et il n'est pas là. Mes collègues guettent l'ascenseur, qui reste immobile au rez-de-chaussée. Un ongle est rongé, une gorge déglutit.

Le technicien a promis il y a cinquante-huit minutes qu'il serait là dans une heure. Il reste deux minutes et il n'est pas là. Une goutte de transpiration coule le long d'une aisselle, des dents claquent. Dans un tiroir, un caramel mou durcit.

Le technicien a promis il y a cinquante-neuf minutes qu'il serait là dans une heure. Il reste une minute et il n'est pas là. La trotteuse de la grande horloge du couloir prend son temps. Plusieurs paires d'yeux l'observent, espèrent, passent de l'horloge à l'ascenseur et de l'ascenseur à l'horloge. La porte s'ouvre, les mâchoires s'ouvrent, des doigts se croisent. C'est le courrier, fausse joie. Une femme s'évanouit, la tension est à son comble.

Le technicien a promis il y a une heure qu'il serait là dans une heure. Et il n'est pas là. Un débat éclate opposant ceux qui estiment que s'il arrive dans les soixante secondes à venir il sera à l'heure et ceux qui pensent qu'il est déjà en retard. Des mots durs sont échangés, certains seront à coup sûr regrettés.

Le technicien a promis il y a une heure et une minute qu'il serait là dans une heure. Il a une minute de retard. Le débat est clos.

Le technicien a promis il y a une heure et cinq minutes qu'il serait là dans une heure. Il est en retard de cinq minutes. C'est la panique. Une femme essaie d'ouvrir la fenêtre pour se jeter dans le vide, elle ne peut pas envisager de mourir de soif. Ma collègue évanouie est piétinée, le téléphone sonne mais personne ne répond. Le téléphone sonne mais personne ne répond. Le téléphone sonne mais personne ne répond jusqu'à ce qu'une voix s'élève : Et si c'était le technicien ? Une autre lui hurle que le technicien est mort, tu ne comprends donc pas que le technicien est mort et que nous allons nous aussi mourir de soif, tous autant que nous sommes !

Le technicien a promis il y a une heure et quinze minutes qu'il serait là dans une heure. La porte de l'ascenseur s'ouvre et il s'excuse de son petit retard. Un paysage de chaos s'offre à lui. Il enjambe des corps, installe la bonbonne en sifflotant *Qui c'est celui-là ?* de Pierre Vassiliu.

L'étage retrouve son calme, les gobelets en plastique sont vidés, froissés et jetés. Les Stabilos sont alignés, les crayons taillés, les évanouis réveillés et les fenêtres refermées. La vie et les potins reprennent leur cours. Mes chiffres n'ont pas bougé, attendant sagement que je leur accorde l'attention qu'ils méritent. Je suis comptable.

En rentrant chez moi je suis subjugué par la quantité de sacs plastiques qui entravent le passage. Je claque la porte d'entrée, espérant trouver la mouche dans mon salon. Mais elle n'est pas là, elle a dû retourner auprès des siens, le pays des mouches, un étage plus bas. Affalé dans mon fauteuil *La Conscience de Zeno* à la main, je ne résiste que quelques minutes et finis par m'endormir. Des sons inhabituels me tirent de ce sommeil sans rêve. Des coups mous et une espèce de chant lointain. Une chanson d'enfant que je ne connais pas. Je fais le tour de mon appartement et finis par en ouvrir la porte.

Je descends les quelques marches qui me séparent du rez-de-chaussée. Une petite fille saute sur les sacs-poubelle. Entièrement vêtue de rose, elle ressemble à une sorte de fée ou de princesse de magazine. Une Barbie dans les déchets. Barbie Ordure. Elle chantonne et elle rebondit. Rebondit encore et passe d'un sac à l'autre. Chantonne et rebondit. Encore. Hypnotisante. À chaque impulsion, elle s'enfonce d'un mètre dans les sacs et remonte jusqu'à toucher l'ampoule électrique. Tout en douceur, au ralenti. Elle me regarde et sourit. Rebondit encore. Elle me demande juste de relancer la minuterie avant de sortir. Tout est normal. Les enfants s'adaptent. J'espère qu'il n'y a rien de dangereux. Des tessons de verre, un couvercle de boîte de conserve rouillé... Mais il ne peut rien arriver de mal à une petite fille qui met un peu de poésie au milieu des ordures. J'ai presque envie de me joindre à elle. Sauter quelques instants et sourire. Ou alors faire des bulles de savon, lui proposer une marelle, lui installer une balançoire ou lui organiser un toboggan de déchets.

Le froid me saisit le cerveau. Je ne sais plus si j'ai rêvé. Y avait-il vraiment une petite fille ? J'hésite à faire demi-tour pour vérifier. Et cette chanson... Je l'aime bien, cette mélodie. Je ne l'avais jamais entendue, mais son petit air me trotte dans la tête. C'est un air de rien du tout. Tout simple. Quelques notes, pas de parole : juste un air qui passe. Un petit air qui passe entre les ordures et que j'emmène avec moi. Je ne m'en souviendrais certainement pas demain matin. Parfois, j'aimerais avoir un magnétophone juste pour attraper ces petites mélodies que l'on oublie et qui nous manquent. Mais elles ne sont pas faites pour ça. Elles sont faites pour les petites filles qui rebondissent au milieu des sacs-poubelle dans les cages d'escalier. Elles sont faites pour croiser une oreille au coin d'un square, à la porte d'une école ou sous une fenêtre. Il faut les laisser filer ; elles ne nous appartiennent pas.

Je sifflote en entrant chez Lisa. Je suis le premier.

« Salut, c'est quoi ?

– Quoi donc ?

– Ce que tu siffles.

– Ah. Aucune idée. J'ai entendu ça en bas de chez moi.

– La radio du voisin.

– Non... une petite fille qui dansait dans les poubelles.

– Hum...

– Ou alors, je l'ai rêvé.

– Comme Paul.

– Paul ?

– McCartney. Tu connais pas l'histoire ?

– Une histoire de petite fille au milieu des ordures ? *Lucy in the stairs with garbage* ?

– Non... *Yesterday*. Paul se réveille un matin et il a un air dans la tête. Il demande à droite et à gauche : “Mais qui est-ce qui chante cette chanson ?” Personne n'est capable de lui répondre. Quelques jours passent et cette mélodie ne le quitte pas. Toujours personne pour l'identifier... Alors il se fait à l'idée : il l'a rêvée.

– Il a composé *Yesterday* en dormant ?

– Oui.

– Ma mélodie à moi, je l'ai juste volée à une petite fille... D'ailleurs je l'ai perdue. »

Nous sommes interrompus par le bruit d'un attroupement devant la porte. Un bus est en train de se vider de ses passagers. Des sous-groupes s'organisent, des prénoms sont criés, on compte pour être certain que personne ne manque à l'appel. Le café n'est pas à proprement parler dans un quartier touristique et la largeur de la rue ne se prête pas au flux de passagers. Mais ils semblent savoir où ils vont et entrent en file indienne, s'installent comme ils peuvent, demandent s'il y a d'autres chaises, si les plus jeunes peuvent s'asseoir par terre, si la table du fond leur est vraiment réservée et finissent par réclamer la carte. Sam et Thomas les suivent de quelques minutes, ayant à peine laissé le temps à Lisa de servir les nouveaux clients, au milieu desquels les deux vieux semblent revêtir un certain niveau de respectabilité.

Nous commençons la soirée sans musique, un peu ahuris par la foule inhabituelle qui trépigne. Lisa vient enfin s'installer avec nous. Elle boit une longue gorgée, s'allume une cigarette et me regarde.

Mon grand-père était représentant. Il travaillait pour une société de machines à coudre. C'est sans doute pour cela qu'il connaissait si bien Paris. Partout où nous allions, les gens le saluaient. Certains même l'appelaient par son nom. Parfois je l'accompagnais. Il paraît que les vieilles dames aimaient bien me voir. Un enfant, ça attendrit toujours, c'est bon pour les affaires. Mais ce n'était pas pour cette raison qu'il me demandait de venir avec lui. À l'époque où l'on n'avait pas classe le jeudi,

Pierre-Jean n'aimait pas trop me laisser seul et préférait me savoir à ses côtés.

La foule s'est tue, quelques chaises ont raclé le sol et une cinquantaine de têtes me fixent à présent avec attention. Un « on comprend pas bien ce qu'il dit avec son écharpe devant la bouche » précède une violente gifle à l'encontre de celui qui a osé prendre la parole.

Je sillonnais la ville, passant de quartier en quartier, de rue en rue et de maison en maison. Il avait ses habituées. Des femmes en tablier qui le guettaient sur le pas de la porte et le hélaient pour qu'il ne les oublie pas. Il se tournait vers moi et me lançait un clin d'œil. Nous entrions, on nous servait un verre, un jus pour moi et un café pour lui. Et nous parlions... ou plutôt elles parlaient.
Mon grand-père écoutait poliment, lançant parfois une plaisanterie ou posant une question pour bien montrer qu'il s'intéressait à la conversation. Cela pouvait durer des heures. Je me souviens d'un jour où nous avions visité seulement deux clientes en une journée de travail.
La première s'appelait Simone ou...

« Comme moi ! » s'écrit une vieille dame coincée entre une table et un adolescent dont je n'avais pas remarqué la présence.
– Chhhhhht !
– Pardon. »

Je disais que la première s'appelait Simone ou Sidonie...

« Ah bah non, ptête pas, du coup.

– Chhhhhht !
– Pardon. »

Simone ou Sidonie, je ne sais plus. C'était une femme qui avait perdu son mari à la guerre. À peine nous avait-elle aperçus qu'elle était venue à notre rencontre. Dès notre entrée dans la maison, elle s'était précipitée dans la cuisine pour sortir des petits gâteaux du four. Je ne me souviens plus ce que c'était exactement, mais leur goût me hante encore aujourd'hui, presque quarante ans après. Je me forçai à en avaler un, Pierre-Jean faisant de même. J'ai vu à son regard qu'il partageait mon sentiment à l'égard de la cuisine de Simone ou Sidonie.

Elle nous a servi ensuite un thé tiède sans sucre, parce que, soi-disant, le vrai thé se boit sans. N'osant pas lui dire que le vrai thé se buvait surtout très chaud, j'ai bu silencieusement le liquide marronâtre, dont le seul intérêt était de faire passer le goût infect des gâteaux. Et elle parlait, parlait, parlait.... De tout. De son mari mort à la guerre en héros. À la première guerre, la Grande, cela va sans dire. Voyant le visage intéressé de mon grand-père, elle a sorti un vieil album photo dont elle a commenté les images une à une. En fait de photos, il s'agissait plutôt de cartes postales. Seuls quelques clichés de son mari en pied, et un pris au cours d'une cérémonie, sans doute leur mariage. Le mari en question était vêtu d'un costume sombre, avait un sourire crispé et une petite moustache indécise, plus longue d'un côté que de l'autre. Le reste n'était qu'une succession de cartes envoyées par une famille que je n'avais pas spécialement envie de connaître mais dont je pourrais dresser de mémoire l'arbre généalogique. Un deuxième gâteau, une deuxième tasse de liquide tiède, un énième commentaire sur une carte postale envoyée par la tante Eugénie... La matinée est passée ainsi et je me demandais quand mon grand-père allait déballer son matériel.

Durant tout ce temps Simone ou Sidonie veillait à éviter mon visage. Lorsqu'elle me parlait, elle regardait ailleurs, faisait mine d'être concentrée, mais je percevais bien la gêne qu'elle éprouvait à cause de mes traits déformés.

« Ah c'est pour ça, l'écharpe, vous croyez ?
- Chhhhhht !
- Pardon. »

En sortant, mon grand-père m'a regardé en souriant : « Elle est gentille n'est-ce pas ? Tu sais ça doit pas être facile de rester tout le temps seule... La pauvre n'a pas eu de chance dans la vie... » Je n'ai rien trouvé à ajouter et j'ai répondu par un sourire.

Nous avons mangé un sandwich sur un banc. Nous regardions les gens passer en écoutant le vacarme des voitures. Nous parlions peu, profitions du brouhaha pour nous noyer dans les conversations dont nous ne saisissions que quelques bribes. C'était un jeu que m'avait expliqué mon grand-père. Écouter partout, tout le monde. Raccrocher les morceaux de phrases des uns avec ceux des autres... Et ne former qu'une seule histoire. Un groupe d'artistes avait fait quelque chose d'équivalent m'avait-il dit, ça s'appelait les « cadavres exquis ». Sauf que là, nous nous contentions de tendre les oreilles, et les histoires venaient à nous. Le plus difficile était de ne pas se focaliser sur une seule conversation, ce qui était souvent le cas lorsque des gens restaient trop longtemps stationnés à nos côtés. L'idéal était un endroit passant, comme les boulevards où les badauds traînaient en bavardant.

Une fois nos sandwichs avalés, nous nous sommes raconté l'histoire que nous avions entendue. Chacun notre tour.

« Je comprends rien à ce jeu de cadavres.
– Chhhhhht !
– Oh, pardon, j'essaie de comprendre c'est tout.
– Oui, mais c'est énervant si tout le monde essaie de comprendre à voix haute ! »

Comme chaque fois, nos histoires étaient totalement différentes. C'était en général moi qui commençais : « C'est une dame qui a été au théâtre, avec son chien qui est malade, mais comme le train était en retard elle est partie chez le coiffeur. "Que penses-tu de ma nouvelle coiffure ?" demande-t-elle à son amie. Mais celle-ci est un homme qui commente les résultats sportifs. Il pense que le match d'hier a été volé. De toute façon, les communistes ne sont pas près de quitter Berlin ou alors il faudra qu'ils changent de vélo et qu'ils ne passent pas tout leur temps au café. »

Mon grand-père a repris avec un clin d'œil : « Ah non, il s'agissait de deux hommes qui allaient au cinéma pour voir un film où un chien manquait son train à cause de l'arrivée des communistes à Berlin. Assis tranquillement dans le train, le chien lisait les commentaires sportifs : deux vieilles dames faisaient une course de vélo et s'arrêtaient pour boire du Ricard au bistro tous les kilomètres. La vitesse du train conjuguée à celle du vélo mettait leur coiffure dans un état catastrophique... Pas étonnant qu'on leur ait volé le match ! »

« Rien compris.
– Simone, ça suffit ! »

L'après-midi, nous avons continué la tournée de mon grand-père. Nous n'avions vu qu'une cliente depuis le début de la journée et il s'agissait tout de même de gagner un peu d'argent. Nous avons repris le même chemin pour aboutir à quelques maisons de celle où nous étions entrés à peine deux ou trois heures plus tôt. Le goût des gâteaux m'est revenu au fond de la gorge.

Mon grand-père a consulté sa montre, s'est lissé la moustache, a craché une dernière bouffée de cigarette et s'est décidé à sonner. La porte s'est ouverte et nous avons grimpé au quatrième étage. Jamais je n'avais vu de marches autant cirées. S'il n'y avait pas eu le tapis rouge, il aurait été impossible de monter ne serait-ce que trois marches. D'ailleurs je ne pouvais m'empêcher de mettre les pieds sur les bords, à la limite du tapis, pour avoir le plaisir de glisser. Mon grand-père m'a lancé un regard qui se voulait réprobateur mais dans lequel je n'ai vu que le désir qu'il avait lui-même de se livrer au même exercice.

Atteignant enfin le quatrième étage, une dame en costume noir et blanc nous a tenu la porte ouverte. Il s'agissait d'une servante, comme on en voit dans les livres. Un tablier bien mis, un sourire pincé et les cheveux gris attachés en chignon. Un air sévère et un regard inquisiteur : étions-nous dignes de pénétrer chez sa maîtresse ? Elle m'a demandé de bien essuyer mes pieds sur le paillasson tout en vérifiant discrètement que mon grand-père procédait de même (ce qui n'était pas le cas bien évidemment). Une fois entrés, la servante nous a devancés dans un couloir et a ouvert une deuxième porte qui donnait sur un grand salon.

Il y avait des livres partout. Les étagères en débordaient, littéralement. Des livres, des petites statues, des bibelots et de grands tableaux représentant... je ne savais trop quoi. À l'époque, j'ai dû estimer qu'il s'agissait de peinture moderne. On dit parfois que les enfants comprennent mieux l'art moderne ou contemporain que la plupart des adultes. Me concernant, je dois confesser que ce n'était pas vrai. Non pas que je trouvais ça inesthétique... mais il m'était impossible de deviner de quoi il s'agissait. Un jour, mon grand-père m'avait montré une gravure dans un journal ; je l'avais examinée un instant. Face à son silence et me sentant obligé de dire quelque chose, je m'étais exclamé : « En tous cas, je ne trouve pas que ces fruits donnent envie d'être mangés ! » Ce à quoi, il m'avait répondu en riant : « C'est une femme qui est représentée ! Et tu as bien le temps avant d'y goûter. »

Une petite dame trônait dans un énorme fauteuil. C'est à peine si on la voyait, tellement elle paraissait tassée entre les coussins et le dossier. Elle s'intégrait parfaitement dans le décor. Ses pieds ne touchaient pas le sol et ses petites mains fines s'accrochaient aux accoudoirs, comme si elle avait peur de disparaître à tout jamais dans les tréfonds du fauteuil. Elle nous a adressé un signe de la main accompagné d'un filet de voix d'une clarté surprenante. Entendre un si bel organe dans un corps si menu m'a sidéré. Mon grand-père me l'a présentée comme étant une des plus grandes actrices de la capitale, ce qui l'a fait rougir. « J'étais une comédienne, mais cela fait bien longtemps que je n'ai pas foulé de planches », s'est-elle excusée.

Nous avons passé l'après-midi à parler de tout un tas de sujets dont je n'ai pas compris la moitié. C'était surtout la dame qui parlait. Elle nous a raconté sa vie, les artistes qu'elle avait fréquentés, les pièces dans lesquelles elle avait joué. Elle nous a raconté l'histoire de chacun de ses tableaux, nous a fait présenter par sa servante des livres rares dont les couvertures menaçaient de tomber en lambeaux. Certains d'entre eux étaient dédicacés par les auteurs eux-mêmes. C'était surprenant de voir les écritures en pattes de mouche qui tranchaient tellement avec les lignes claires du contenu de l'ouvrage. Je regrette aujourd'hui de ne pas me souvenir du nom de cette dame. Peut-être s'agissait-il vraiment d'une célébrité...

En tout cas, les gâteaux qu'elle nous a proposés me laissent un bien meilleur souvenir que ceux de Simone ou Sidonie. Nous avons quitté l'appartement aux alentours de dix-sept heures. Nous y avions passé trois heures. Bilan de la journée : trois épingles vendues. Même pas de quoi rembourser les sandwiches de midi.

Il était comme ça mon grand-père. Je ne sais pas comment il avait obtenu cet emploi, mais il n'avait pas l'âme d'un commerçant. Encore moins au sens où on l'entend aujourd'hui. Il n'était pas le genre à remplir des tableaux d'objectifs, à pousser ses clients à l'achat, à forcer les ventes... Les mots « profits » et « rentabilité » ne faisaient pas partie de son vocabulaire. Et tout le monde l'adorait. On l'appelait dans la rue, lui serrait la main, venait lui demander de ses nouvelles. Il prenait son temps, bavardait, buvait un verre si on le lui proposait et puis, il s'occupait de moi.

Comme hier soir, j'aide Lisa à ranger le café. Je ramasse les verres, passe un coup d'éponge sur les tables avant d'y placer les chaises à l'envers. Quand tout est en ordre, elle me demande.

« Il avait l'air rigolo, ton grand-père.

– Oui, très. Enfin, pas tout le temps. Disons qu'il savait sauver les apparences.

– Oui, j'imagine, je ne voulais pas dire...

– Non, non, t'inquiète. Mais je me souviens d'un soir... Je ne sais plus exactement en quelle classe j'étais, mais j'avais moins d'une dizaine d'années. Je venais de rentrer de l'école et Pierre-Jean m'avait demandé d'aller chercher du pain. Comme ça, d'un seul coup, une urgence. Je n'avais même pas retiré mon cartable. On n'avait plus de pain et il fallait en trouver rapidement. Il m'avait tendu son vieux portemonnaie en cuir sans me regarder. Ce n'était pas la première fois que j'allais à la boulangerie tout seul, mais cette précipitation m'avait étonné.

À mon retour, il était assis sur sa chaise, devant la table de la cuisine. Je le voyais de côté, ses yeux étaient baignés de larmes. Il ne m'avait pas entendu rentrer. Je ne savais pas quoi faire. Je ne pensais pas qu'il pouvait pleurer, je croyais encore que seuls les enfants pleuraient. J'ai eu peur et je me sentais mal à l'aise.

Lorsqu'il m'a aperçu, il a essayé de sourire mais je voyais bien que c'était un drôle de sourire rien qu'avec la bouche et que ses yeux étaient tout rouges. J'ai pris mon courage à deux mains et lui ai demandé s'il pleurait. Il a eu l'air étonné avant de m'expliquer que non, d'ailleurs, il n'avait aucune raison de pleurer. C'était juste que son visage n'était pas étanche. Il n'y pouvait rien et ça n'était pas bien grave. C'est le genre de choses qui arrive de temps en temps, avec toute cette eau qu'on a dans le corps. Il m'a expliqué qu'il s'était penché pour ramasser sa cuillère à café qui était tombée sur le lino et avec cette maudite loi des vases communiquant, ses yeux s'étaient remplis et avaient débordé. Son visage s'est détendu au fil de son explication et son sourire arrivait à présent au niveau de son regard d'où une dernière goutte venait de sortir. »

CHAPITRE 12

Il fait beau ce matin. J'aurais presque envie d'aller à la boulangerie pour que l'on me confirme l'information.

La météo idéale pour prendre mon temps ou aller vérifier au bord du canal Saint-Martin si j'ai une gueule d'atmosphère. Mais pour avoir bien pratiqué ma gueule, j'abandonne les vérifications et me décide à aller au travail, histoire de ne pas me sentir esclave de la météo. Et surtout parce que le travail c'est la santé et que je suis un pilier de l'entreprise et que sans moi, etc.

Muni d'un piolet, je gravis la montagne de poubelles qui bloque mon entrée. Lentement, après maints efforts, je parviens au sommet. Stupéfaction : il atteint le plafond. Une seule solution : passer à travers. Finie l'escalade, l'heure est à la spéléologie. L'odeur manque quelque peu d'arrondi. Je tente de pousser un sac mais un autre prend immédiatement sa place. Comme un immense puzzle en trois dimensions dont toutes les pièces seraient interchangeables. Si je parviens à me faufiler entre deux d'entre elles et à enchaîner la manœuvre, j'atteindrai certainement la porte. Je plonge les deux mains dans la masse, puis les bras jusqu'aux coudes. Je ne touche pas le bout, ce qui ne m'étonne pas outre mesure. Je respire un grand coup et y enfonce la tête. Il fait sombre, il fait chaud. Le reste de mon corps s'y glisse à son tour. Je suis comme un ver. Je me tortille, ondule et progresse centimètre par centimètre. Sur mon dos, le poids est révélateur du nombre d'ordures qui doivent se trouver là. De la main gauche, j'écarte un nouveau sac, tandis que de la droite je cherche mon briquet. Il semble y avoir une espèce de petite grotte. À moins qu'il ne s'agisse de la porte : hypothèse peu crédible mais à laquelle je ne peux m'empêcher de m'accrocher. La pierre crisse et la lumière m'enveloppe aussitôt. Là, dans un espace d'à peine plus d'un mètre cube, j'aperçois Gérard, le voisin du troisième. Il est inconfortablement assis et manifestement désespéré. Il sauce une vieille boîte de sardines à l'aide d'un bout de pain. « Pause casse-croûte », me souffle-t-il. Un chat ronronne à ses pieds.

Rester ici serait ma perte, je ne veux pas être le prochain Gérard.

Alors, je reprends ma route, me coule entre deux sacs, en pousse un, en décale un deuxième, en repousse un troisième. Dix minutes passent sans que j'aie réellement l'impression d'avoir progressé, quand ma main bute sur quelque chose de solide. Je tâte, je touche, tripote. La porte ! Je cherche à l'aveugle la poignée et finis par la repérer à un mètre en dessous du niveau où je me trouve. Je la tourne mais rien ne se passe. Ni chevillette ni bobinette pour me tirer d'affaire.

Après avoir renoué avec un semblant de verticalité, je prends appui sur le chambranle, contracte mes muscles et, faisant fi du poids des sacs au-dessus de moi, je tire un grand coup. La porte bouge de quelques centimètres délivrant de maigres mais salvateurs rayons de lumière de l'extérieur, signe que la vie sur Terre n'est pas anéantie et que Gérard ne sera pas mon dernier compagnon. Je renouvelle l'effort quatre ou cinq fois et me faufile par l'entrebâillement.

Je reprends mon souffle avant de me pencher de nouveau vers l'intérieur, inquiet pour mon voisin :

« Tout va bien ?

– Quelques secousses inopportunes, mais tout va bien !

– J'ai trouvé la sortie...

– Je sais exactement où est la sortie.

– Ah. Et vous ne voulez pas sortir ?

– Non, je travaille à la topographie des lieux.

– Pardon ?

– Je travaille à la réalisation d'un plan du site dans le but d'apporter les mesures qui s'adapteraient parfaitement à la situation.

– Ah. »

Au bureau, c'est l'effervescence. Il paraît que la concurrence va lancer un produit qui va nous laminer. Ce sont les mots du chef des ventes. Il parcourt le couloir de bout en bout, s'arrête de temps à autre pour se servir un gobelet d'eau, qu'il boit puis froisse avant de viser la corbeille à gobelets à eau. « Nous laminer, ils vont nous laminer, on va se faire laminer, la-mi-ner. Si on agit pas, on va se faire laminer. » Un commercial s'approche, lui demande ce qui ne va pas, il lui expose la situation, le commercial blêmit et estime qu'effectivement on va se faire laminer. Une secrétaire s'inquiète, s'approche, blêmit à son tour, passe un coup de fil à sa copine du deuxième étage, prononce le mot « laminer » dans le combiné, en ressent une certaine fierté et, du coup, le répète en détachant bien chaque syllabe comme elle a entendu le chef des ventes le faire. Le directeur commercial arrive à ce moment-là, blêmit, appelle le directeur général, qui blêmit. Et quand le directeur général blêmit, il est de très mauvais ton de garder ses couleurs. En quelques secondes tout le troisième étage décide donc de blêmir. Une réunion est organisée en urgence. On essaie de joindre le président, qui ne répond bien évidemment pas. Ah ça quand c'est pour se pavaner à des cocktails en compagnie de ses maîtresses, on peut compter sur lui, mais dès qu'il y a un problème y'a plus personne ! La réunion s'éternise sans qu'aucune solution ne soit trouvée quand, enfin, le président daigne honorer l'assemblée de sa présence. Le directeur général lui présente la situation. Le président reste silencieux. Le directeur commercial lui expose le caractère tragique des évènements récents. Le président réfléchit. Le silence pèse sur les épaules du chef des ventes, qui finit par s'écrouler au sol, totalement laminé. Le président propose alors de garder son calme et de trouver une solution dans les prochains jours, provoquant une vague de soulagement général. Quel homme, non mais quel homme !

Ma boulangère est contrariée ce soir. Pourtant, je suis le dernier d'une longue file. À croire que les gens se sont donné le mot pour s'empresser de passer devant moi et me faire payer un crime dont je n'ai pas idée. Ou tout simplement pour m'emmerder.

Elle marmonne, ronchonne, empaquette quelques croissants et chocolatines, rend la monnaie, ne prend pas la peine de sourire, répond au téléphone : « Oui, nous sommes ouverts demain, oui, nous vous mettons de côté un gâteau d'anniversaire, non pour seize personnes il faudra au moins deux gâteaux, non un seul ne suffira pas, non pas de cette taille : les parts seraient ridicules, non nous n'avons pas de four pour un tel gâteau, tant pis et si vous ne trouvez pas revenez vers nous on verra ce qu'on peut faire. »

Sourire pincé, elle me regarde : « Tout va à l'envers aujourd'hui ! »

Je lui rends son regard :

« Oui, d'ailleurs, je viens ici vendre mon pain.

– Pardon ?

– Et avec ça vous prendrez ?

– Mais de quoi parlez-vous monsieur ?

– Tout va à l'envers... »

Nouveau sourire pincé.

Lorsque je veux rentrer chez moi, un panneau écrit à la main m'indique que la porte est momentanément condamnée pour travaux. J'essaie de la pousser. Elle est bloquée. À la manière de ces flics de films américains qui défoncent les portes d'un coup d'épaule avant de pénétrer dans l'antre de l'ennemi en poussant des hurlements, revolver au poing, je tente la manière forte. Dans la très grande majorité de la filmographie américaine, c'est très efficace. Dans la vraie vie, ça fait très mal, ça froisse des muscles dont on ignorait l'existence et ça ne fonctionne pas.

Ma veste s'accroche à la poignée et se déchire sur quelques centimètres. Un bilan plus qu'honorable si l'on considère que j'aurais aussi bien pu me démettre l'épaule. Davantage encore si l'on imagine que j'aurais pu faire bouger les fondations de l'immeuble, qu'une fissure aurait pu se créer, lézarder le mur, le craqueler, pour finalement provoquer l'effondrement total de l'édifice, entraînant dans sa chute des tonnes de plâtre, de gravats, d'ordures et de locataires qui me seraient tombés dessus en attendant que l'assurance m'intente un procès afin de me déclarer responsable et de me faire rembourser personnellement les frais inhérents au sinistre. Sans parler du regard de mes voisins qui, jamais, ne pourraient me pardonner d'avoir détruit leur mobilier, leurs assiettes et tous les souvenirs qui les liaient à leur passé à jamais perdu.

J'époussette ma manche pour me donner une contenance et décide de revenir plus tard, espérant qu'une équipe de nettoyage soit déjà sur le pied de guerre, armée de désinfectant, de bennes et de broyeurs à ordures.

Bien qu'il soit tôt, Sam, Thomas et Lisa sont déjà là. Un jeune couple est installé à une table au fond. Deux verres de vin posés devant eux. Ils chuchotent, comme s'ils avaient peur que l'on entende leur conversation. Lui a ses mains de part et d'autre de son verre, à quelques centimètres de celles de la jeune fille. On dirait qu'ils n'osent pas se toucher, comme s'ils n'avaient pas le droit. Derrière eux, l'affiche *Forbidden Planet* en guise d'avertissement. Pourtant leurs regards en disent long : ils ont envie de se toucher, de s'embrasser. Ils doivent avoir une vingtaine d'années, un peu plus peut-être. J'ai eu une vingtaine d'années et je n'ai jamais eu l'occasion d'avoir les mains à quelques centimètres de celles d'une jeune fille. On ne m'a jamais regardé comme elle le regarde. J'ai envie de me planter devant eux et de prendre leurs mains de force, de les enlacer l'une dans l'autre en leur criant qu'ils ont de la chance, que la vie est courte, qu'il n'y a pas de temps à perdre à se tourner autour. À moins que je ne leur dise de prendre leur temps, que ce sont là sans doute les meilleurs moments : bientôt, ils n'auront plus envie de se toucher ou alors, ça sera devenu une habitude, une sorte de dû. Elle lui reprochera de ne plus la toucher, de ne plus la désirer. Lui pensera qu'elle ne le regarde plus comme elle le fait là, ce soir. Parce que les regards ne se commandent pas. Parce que les gestes passent, parce que lorsque c'est acquis, on n'a plus peur, parce que l'on doit s'habituer au bonheur.

J'ai dû rester un peu trop longtemps immobile à les fixer puisque Thomas me rappelle à l'ordre par un raclement de gorge. Je m'approche d'eux et m'assois sur la chaise qu'ils m'ont réservée.

« Des nouvelles de ta mère, Sam ?

– Euh... Oui.

– Et ? Comment va-t-elle ?

– Jugez vous-mêmes. »

D'un geste las, il fait glisser une enveloppe sur la table. Même écriture mais la couleur de l'encre a changé. Rouge. Étonnant et moins lisible.

Mon petit,

J'ai tué le perroquet. C'était de la vraie camelote ! Un bon à rien, un flemmard de première qui passait sa journée à manger ses graines sur le dos du contribuable. En plus, il n'avait aucun goût. Je l'ai essayé en sauce... Tu parles : trop coriace. Les perroquets, ça sert à rien, ou alors il faut mettre le prix, j'en sais rien.

Rassure-toi, pour les voisins, je me suis vengée. Le crime de la plante n'est pas resté impuni. Hier soir, quand ton père s'est endormi (je ne voulais pas le mettre dans le coup : ça l'aurait effrayé), je me suis glissée hors de la maison. J'ai pris un tournevis dans la boîte à outils de ton père et suis allée crever les quatre pneus de leur sale voiture de criminels. C'était pas évident, mais je l'ai fait. Je suis fière de moi. Ça, ils l'ont payé leur crime ! Mais je crois que la guerre est déclarée : ce matin, à mon réveil, je me suis rendu compte que mes deux plus belles plantes avaient été abattues pendant la nuit. Un vrai carnage. Je suis contente que tu n'aies pas vu ça ; tu es encore trop jeune.

C'est d'autant plus injuste que je les avais bichonnées, mes deux mignonnettes : J'avais remarqué, hier, que leurs feuilles avaient tendance à se tirebouchonner. Tu connais l'orgueil des plantes : une journée dans ce triste état et elles se suicidaient. « La plante est belle ou n'est pas », comme dit l'adage. Toujours est-il que j'ai branché la grande rallonge électrique dans le salon (tu sais, celle que ton père a achetée et dont il était si fier parce que c'était la plus longue du magasin, avec enrouleur automatique et tout et tout...). Eh bien, j'ai tiré sur la rallonge et ai branché le fer à repasser pour redonner un peu de dignité à mes plantes. Tu les aurais vues... Elles en fumaient de plaisir !

Enfin, tout ça pour rien. Tant pis, il me reste encore quelques endroits de verdure. Et toi comment vas-tu ? Toujours maraîcher ? Fais attention aux fraises espagnoles : elles se renversent sur la route et emportent tout sur leur passage !

Je t'embrasse.

Il a à peine achevé sa lecture que la porte s'ouvre en grand. Une jeune Japonaise, tenant fermement un parapluie fermé au-dessus de sa tête fait signe à un groupe de la suivre. Parmi eux, des visages déjà vus la veille qui prennent place bruyamment. Les plus âgés ont prévu des petites chaises pliantes sur lesquelles ils s'installent sans plus tarder. Le jeune couple est prié d'aller voir ailleurs s'il n'y a pas des miettes de tendresse à récupérer. Une dame s'approche de nous, un Yorkshire dans les bras. Elle nous demande si ça ne nous dérange pas, si nous n'avons rien contre les bêtes, si elle a le droit de le garder et s'il est pas mignon, son petit chéri.

« Non, non, oui, non », lui répond Lisa tout en servant les premières tables.

La dame ferme les yeux, réfléchit, bouge ses lèvres pour se remémorer l'ordre de ses questions, sourit, fronce les sourcils et retourne s'asseoir.

Comme je l'ai déjà dit, au cours de ses longues marches parisiennes, mon grand-père rapportait tout un tas de choses... Des choses et des animaux. Il avait le chic pour tomber face à des cas « désespérés ». C'est ce qu'il me disait en arrivant, pour se justifier. « Tu te rends compte, un si petit animal, sans défense... Si je n'avais pas été là, il serait mort à l'heure qu'il est ! »

« Ça a déjà commencé ?
– Il n'y a pas les trois coups ou quelque chose comme ça ?
– Nous ne sommes pas au théâtre !
– Non mais taisez-vous, on ne va rien comprendre ! »

La plupart du temps il parvenait à les sauver et les rendait à la « nature » parisienne. En l'occurrence, un square du quartier. Si l'animal était trop gros, on l'apportait le week-end au parc de Vincennes. C'était l'occasion de se promener à l'ombre des arbres et du château.

Je me souviens d'un jour où il a rapporté un nid complet de petits oisillons. Il était tombé sur le trottoir et il l'avait ramassé. Il avait attendu une demi-journée assis sur un banc à espérer que la mère rentre au nid. Une demi-journée sans voir de clients, bien entendu... La mère des oisillons n'était pas revenue, il s'était donc décidé à enlever sa veste pour y blottir le petit nid.

Lorsqu'il a franchi la porte de l'appartement, il parlait si bas que sa voix était couverte par le piaillement infernal. « Ils ont faim », m'a-t-il soufflé. Devant mon regard étonné, il m'a expliqué la situation tout en posant délicatement son paquet sur la table. Il y avait en tout quatre oiseaux, tous plus maigres les uns que les autres. Ils tendaient leur cou et ouvraient le bec en poussant de petits cris stridents.

« Je vais leur chercher du pain, lui ai-je dit.

– Surtout pas ! Ils sont trop petits, ils risqueraient de s'étouffer.

– Mais alors, on leur donne quoi ? Du lait ?

– Des vers ! »

Amusez-vous à trouver des vers à Paris... Après avoir laissé le nid sur la table, nous sommes sortis tous les deux et avons fait plusieurs bazars où l'on trouvait de tout, sauf des vers. La nuit arrivait et les pauvres bêtes devaient tomber d'inanition. C'est alors que mon grand-père a eu l'idée la plus logique du monde : nous allions trouver des vers en liberté. Où ? Là où vivent les vers... dans un square. Nous sommes rentrés pour dîner assis par terre, ne voulant pas déloger nos hôtes. Lorsque la nuit a été bien noire, nous sommes partis à la recherche de vers sauvages.

Il devait être minuit passé lorsque nous nous sommes trouvés devant la grille du square le plus proche de chez nous. À cette heure-ci, il n'y avait plus de passage, mais nous avons patienté, par prudence, de longues minutes. C'est mon grand-père qui a escaladé en premier la grille. Perché tout en haut, il m'a tendu la main, me recommandant de faire très attention aux pics. J'avais l'impression que nous étions deux gentlemen cambrioleurs, des Arsène Lupin à la recherche de nourriture pour animaux à deux doigts du trépas. Le sang battait dans mes tempes et mes jambes tremblaient tellement que j'ai cru ne jamais parvenir à atteindre l'autre côté.

« Ce n'est pas un très bon exemple pour les enfants...
– Chut ! »

Pierre-Jean, habituellement si tranquille, tirait à toute allure sur sa cigarette. Il fallait trouver le bon endroit. Après quelques pas, nous sommes arrivés devant un carré de pelouse à l'abri des regards de la rue. Il a sorti une fourchette de sa poche en me faisant un clin d'œil. « Mieux qu'une pelle pour creuser en milieu urbain », me dit-il. Sur le moment, j'ai été subjugué par son ingéniosité. Avec le recul je suis un peu plus sceptique.

Nous avons gratté, gratté, gratté... Sans résultat. Nous nous sommes alors dirigés vers un meilleur « coin », sous des buissons. Nouveau grattage grattage grattage. Cette fois, la pêche a été bonne. Quelques minutes nous ont suffi pour trouver trois minuscules vers que Pierre-Jean a enfoui dans un petit sac hermétiquement fermé. Nouveau coin, même résultat, nous pouvions rentrer.

Sur le chemin du retour, j'étais terrorisé à l'idée de croiser des policiers. Peut-être nous avaient-ils observés ; ou peut-être nous fouilleraient-ils et trouveraient-ils les vers que nous avions volés. Je réalisais qu'une autorisation spéciale était peut-être nécessaire pour prendre des vers. Ils appartenaient certainement à la commune, au gardien du square ou à je ne sais qui. Mon grand-père m'a rassuré, me disant que, au pire, nous expliquerions que nous les avions trouvés dans le caniveau. Il avait réponse à tout et peur de rien. C'était aussi pour ça que je l'admirais tant.

« Oui, mais tout de même, quel modèle éducatif...

– Oh, moi je trouve ça très bien, c'était pour sauver des bêtes.

– Ça a commencé ?

– Silence, on n'entend plus rien ! »

De retour chez nous, nous avons eu la désagréable surprise de constater que l'un des oisillons n'avait pas survécu. Il était tout plat, écrasé par ses frères et sœurs, qui paraissaient ne pas s'en être rendu compte tellement ils étaient affamés. Un oiseau plat, ça ne sert pas à grand chose et ça n'a plus le même charme.

Nous n'avions plus de temps à perdre et nous sommes concentrés sur les survivants. Pierre-Jean a pris le sac en plastique, en a extirpé un premier ver qu'il a suspendu au-dessus des oiseaux. Ils se sont mis à piailler de plus belle, devenant quasiment hystériques. Ils se sont battus, l'ont attrapé, l'ont coupé en pinçant les doigts de mon grand-père.

Nous les regardions. Fascinés et fiers de leur avoir sauvé la vie. Nous sommes allés nous coucher et ce n'est que lendemain matin que nous les avons trouvés sans vie, étendus au fond de leur nid. « Il n'y avait rien d'autre à faire, m'a expliqué Pierre-Jean, ils avaient besoin de leur mère. Peut-être que le ver était trop gros ou trop petit. C'était peut-être des oisillons un peu trop regardants sur la qualité de leur alimentation et qui n'ont fait que déchiqueter le ver sans en apprécier la valeur nutritive. »

La nuit suivante, nous sommes retournés au square pour les enterrer. « Les vers les mangeront. » La nature est à n'y rien comprendre.

La salle se vide et, pour une fois, je suis le mouvement, saluant d'un signe de tête et refusant les pièces que l'on me tend. Le rapport qui est en train de s'établir avec cette foule est étonnant et je ne parviens toujours pas à m'en faire une idée précise. Je ne sais pas dans quelle mesure être en représentation m'aide à me livrer chaque fois davantage, à m'avancer vers le cœur de l'histoire. La présence de tous ces anonymes me permet de me détacher de ce que je leur raconte. À travers eux, mon histoire devient *une* histoire. C'est peut-être ce dont j'avais besoin pour avancer. Je ne suis plus qu'une bouche, une espèce de lien avec un autre temps qui se dépossède de ce qu'il a sur le cœur. Mon histoire leur appartient et se mêle à leurs propres souvenirs. Chacun en fera ce qu'il voudra, chacun a son propre Pierre-Jean qui entre en résonance avec le mien. Peut-être ne suis-je qu'un simple divertissement pour ces gens-là, un moyen de se retrouver, de renouer avec la tradition de l'histoire au coin du feu. Mais après tout si tel est le cas, ce n'est pas bien grave. Ils m'auront permis de continuer, ils auront permis à Lisa, Sam et Thomas de connaître leur ami, ils auront permis à Pierre-Jean de raconter son histoire.

Il y a des fenêtres à chaque étage de la cage d'escalier, sales et poussiéreuses. On ne les regarde plus, on ne les voit plus et on finit par oublier leur existence. Pourtant ce soir, en voulant rentrer chez moi je les scrute. Quelque chose est inhabituel. Les fenêtres des quatre derniers étages sont éclairées. Celle du premier ne l'est pas. Je pense d'abord que l'ampoule a dû griller, c'est le genre de choses qui arrive et qui ne m'alarme pas. Mais en y regardant bien je remarque la présence d'une masse sombre.

L'épaule encore douloureuse de ma dernière tentative, je pousse cette fois fermement mais sans à-coup la grande porte en bois, provoquant l'éboulement de trois sacs en plastique. Une bonne surprise m'attend. Quelqu'un a eu l'ingénieuse idée de creuser un tunnel au milieu des ordures. On se croirait dans une mine : des poutres fortifient la tranchée, permettant de passer accroupi sans craindre de périr étouffé. Un vrai travail de sapeur. Les poutres sont attachées les unes aux autres par de solides cordages. J'arrive à l'escalier à quatre pattes. Les sacs ne permettent pas à la lumière de passer, si bien que c'est quasiment à tâtons que je gravis les premières marches. Tant bien que mal, je gagne le premier étage et comprends dès lors ce que j'apercevais depuis la rue. Les immondices atteignent à présent les marches menant au niveau supérieur, obstruant complètement la fenêtre. Il va falloir agir, mais j'avoue que la solution du tunnel me plaît bien. Nonobstant le problème de l'odeur, il ajoute un je ne sais quoi d'exotique à l'immeuble.

Je me demande quand la concierge va être remplacée. Et combien de temps lui faudra-t-il pour remettre de l'ordre dans tout ça ? Est-ce qu'elle aura en charge les ordures précédent son arrivée, ou va-t-elle gérer uniquement celles postérieures à sa prise de fonction ? Il faudrait peut-être prévenir la mairie... ou l'armée ? Ou une équipe de démineurs : sait-on jamais, il doit y avoir des gaz qui s'échappent de cette putréfaction. On peut aussi mettre la SPA sur le coup, en leur disant qu'il y a un chien coincé là-dessous. En dernier recours, on peut y mettre le feu et appeler les pompiers. Pour les remercier, on leur achètera un calendrier.

Je regrette de ne pas avoir d'amis à inviter, parce que ça pourrait les impressionner. À moins que je ne demande à Lisa, Sam et Thomas de venir prendre un verre. Ça romprait un peu nos habitudes, mais ça peut avoir du bon.

Après tout, ce sont eux qui m'ont poussé à me retourner vers mon passé, qui m'ont posé des questions. C'est pour eux que j'ai ressorti la photographie de Pierre-Jean. Au fur et à mesure que les souvenirs me reviennent, je commence à comprendre ce qu'il voulait dire lorsqu'il m'a fait promettre de ne rien oublier sans y accorder trop d'importance. Il n'a jamais oublié d'où nous venions et il n'a jamais su où nous allions. Il a fait en sorte que le chemin sur lequel il m'accompagnait soit le plus heureux possible. Pour cela il fallait travestir un peu la réalité...

CHAPITRE 13

Le soleil s'est levé avec un bon quart d'heure de retard. Après s'être poliment excusé, il a décidé de faire comme si de rien n'était, obligeant les travailleurs à décaler la grande aiguille de leur montre d'un quart de tour.

Le responsable des ressources humaines a apporté un énorme poste de télévision. Il a entendu dire qu'il n'y avait rien de mieux que de regarder un match de foot pour redynamiser l'esprit d'équipe. « *Team Spirit* », se sent-il obligé de préciser avant d'expliquer que le football réunissait dans un même élan de joie, de stress et d'émotions tout le monde, quelle que soit l'origine socio-professionnelle : le président peut sauter dans les bras de la directrice marketing, la secrétaire de direction dans ceux du compt... après avoir arrêté sa phrase et m'avoir lancé un regard anxieux, il demande si quelqu'un peut l'aider à brancher le poste. Dix-huit bras se lèvent, soit la totalité du service excepté moi. Pendant qu'un débat fait rage pour savoir quel est l'endroit le plus adéquat pour installer l'antenne, certains mettent en place des bancs afin de créer un « effet tribunes ». Vingt bonnes minutes plus tard, nous voilà tous installés de force face à l'écran. Au deuxième rang, la doyenne des standardistes me fait un signe de la main. Lorsque je m'approche d'elle, elle me murmure à l'oreille qu'elle était là hier soir et qu'elle adore mon grand-père. Je ne sais quoi lui répondre et lui adresse un clin d'œil qui a l'air de la satisfaire.

Le responsable des ressources humaines passe d'une chaîne à l'autre et finit par demander si quelqu'un sait quelle chaîne diffuse le match. Silence, chuchotements, jusqu'à ce que le chef des ventes se lance et demande de quel match au juste il s'agit. Prenant conscience qu'il n'y a effectivement pas de match au programme, et que de surcroît il est assez rare qu'il y ait des matchs de foot organisés en matinée, le DRH se rabat sur une série policière dont l'intrigue a sans aucun doute un petit quelque chose de fédérateur, ne serait-ce que parce que tout le monde a bien envie de savoir qui est le coupable, même si nous avons pris l'épisode trop tard pour savoir quelle était la nature exacte du crime. Une fois le programme achevé, chacun regagne son poste de travail, se félicitant d'avoir vécu un tel moment et d'avoir ainsi renforcé l'esprit d'équipe de l'entreprise. Il est dès lors convenu que nous sommes bien mieux armés que la veille pour lutter contre la concurrence qui, de son côté, n'a qu'à bien se tenir.

Ma boulangère se porte bien et vous en remercie. Le prix de la baguette a augmenté parce que tout augmente mon bon monsieur. Elle a récemment eu une idée de génie et s'est mise à commercialiser des baguettes tradition. Je lui ai demandé si ses baguettes normales étaient faites avec de la pâte industrielle, elle est montée sur ses grands chevaux et le comptoir. Son mari est arrivé à la rescousse. S'il se lève bien avant les aurores et bosse toute la nuit, ce n'est certainement pas pour entendre ce genre de calomnies. Pour qui je me prends non de Dieu pour qui je me prends. S'il ne tenait qu'à lui... S'il ne tenait qu'à lui, il finirait peut-être sa phrase, mais déjà les clients derrière moi prennent son parti. C'est l'une des règles d'or de notre société. Les boulangers sont sacrés, on ne s'en moque pas impunément. J'ai bien retenu la leçon. Je pars sous les huées. Non mais pour qui je me prends.

La dame au chien est bien décidée à ne plus se laisser faire. Je l'entends le sermonner. Vilain bébé, vilain bébé ! Le réverbère fanfaronne, il sait que la probabilité pour qu'il y échappe ce coup-ci a considérablement augmenté. L'espoir est beau, mais l'espoir est vain. Le vilain bébé tire sur sa laisse. La dame vacille mais ne rompt pas. La dame vacille mais ne rompt pas. La dame vacille mais ne rompt pas, mais sa laisse lui échappe. Le vilain bébé est libre, il prend des risques, le sermon sera sévère à son retour chez lui, il ne quittera pas la table avant d'avoir fini son bol de croquettes, il n'aura pas le droit de regarder la télévision ni même de monter sur le canapé du salon. Le réverbère fait moins le malin, il tente de se faire discret. Le vilain bébé tourne autour, dans un sens. Dans l'autre. Renifle, lève la patte. Le réverbère n'en peut plus. Le réverbère en a assez. Le réverbère grésille en signe de désespoir. Le réverbère a le pied humide et va prendre froid.

Je file en direction du café, croquant dans ma baguette trop molle mais tout ce qu'il y a de plus traditionnelle.

La salle est pleine de mes amis. Sam, Thomas et Lisa.

Il existe des moments où le silence règne en maître. Sam sourit. Il joue avec sa tasse sans s'en rendre compte, faisant tourner le marc jusqu'à ce qu'il soit entièrement déposé sur les rebords et qu'il n'en reste plus au fond. C'est une manie chez lui. Thomas, dans le rôle de celui qui essaie de lire dans les pensées des autres, lui demande :

« Comment s'appelle-t-elle ?

– Qui ça ?

– Celle qui te fait sourire, comme ça !

– Je souris ?

– Oui, un long sourire amoureux...

– Euh... Je suis désolé de te décevoir Thomas, mais tu as des progrès à faire en matière de lecture de sourire !

– Ah bon ?

– Enfin j'espère parce que, si c'est un sourire amoureux, rien ne va plus !

– Pourquoi ? Tu pensais aux lettres de ta mère ?

– Tout juste.

– Tu vois, je me débrouille quand même un petit peu. Comment va-t-elle ?

– Elle pète le feu. »

Mon petit,

Je me fais du souci pour ton père. Il fait beaucoup de sport et change souvent de vêtements : à cause de la transpiration. Résultat : je fais une machine par jour ! Je n'arrête pas. Toute cette eau sale gaspillée, ça ne me laisse pas indifférente. Je contribue, moi aussi, à la grande pollution de la Terre. Si au moins on pouvait envoyer quelques seaux d'eau usée dans des pays qui en manquent, ça me soulagerait. Mais je me suis renseignée, ce n'est pas possible, les associa-

tions n'en veulent pas. Tant pis pour elles : j'ai envoyé mes seaux au Téléthon. Pour en finir avec ton père, j'aime autant te dire que je ne suis pas ravie du tout : je l'ai surpris en train de lire un livre érotique : Gros-Câlin, *ça ne s'invente pas ! Écrit par un certain Romain Gary... Un Américain ! Je lui ai dit que je ne voulais pas de cochonneries (qui plus est américaines) à la maison.*

La guerre avec les voisins continue. Je devrais même dire que ça empire. Et ton père ne me croit pas. Je pense en fait qu'il a peur de l'engrenage de la violence. Mais on y est, dans la violence, c'est trop tard (savais-tu que ça avait commencé comme ça en Indochine ?). Rassure-toi, je veille à notre protection. La nuit, je me lève vers deux heures, prends une pelle dans le garage et creuse une tranchée entre la maison des voisins et la nôtre. C'est pas évident et j'ai des ampoules plein les mains. On peut quand même dire que ça avance. Ce soir, quand ton père est rentré du travail, je l'ai vu qui parlait à l'ennemi. Tu le croiras si tu veux, mais il leur expliquait que je restructurais le jardin en vue d'une « réorganisation paysagiste ». Le dégonflé ! Heureusement que je suis prête à lutter. Bref, toujours est-il que j'ai presque fini : un trou d'un mètre cinquante de profondeur, sur vingt mètres de long. Demain, je pose les barbelés.

Et toi, mon petit ? Tu as dû bien grandir depuis le temps. Quel âge as-tu maintenant ? Je pense que tu as dû devenir un homme ou quelque chose qui y ressemble... Je ne te reconnaîtrais certainement plus ! Il me tarde que tu viennes nous voir. Je préparerai une bonne pizza de chez le livreur, pour l'occasion. Tu sais, comme tu les aimes. Quand je vais dire ça à ton père, il sera fou de joie.

Hier, il a écrasé un chien. Ça lui a fait un choc, même s'il ne veut pas l'admettre. Il courait tranquillement dans le parc, quand l'animal lui a coupé la route. Pauvre bête, je crois qu'elle n'a rien senti ; elle a juste laissé un long cheveu blond sur le pantalon de ton père.

Je t'embrasse.

« *Gros-Câlin* de Romain Gary ? C'est pas un livre érotique ça, si ?

– Non, c'est l'histoire d'un homme qui adopte un serpent. C'est assez drôle, d'ailleurs, ce bouquin... »

Il y a ces secondes qui précèdent le rire. Il y a ces fractions de secondes où l'on comprend qu'on ne l'évitera pas. Et il y a cet instant libérateur où il explose. Nous sommes passés tous les quatre par les mêmes étapes, en même temps.

Lisa rit.

Elle est l'interlocutrice idéale. Elle a cette manière de regarder les gens dans les yeux et de leur sourire. Je pense que c'est pour ça que tout le monde l'aime. Lorsqu'on lui parle, elle cesse toute activité, elle regarde, répond et reprend son occupation, si bien qu'on a l'impression d'être le centre de son monde l'espace de quelques secondes. Plus d'un client s'y est trompé.

Il y a eu le jeune, un cadre ou un truc dans le genre. En tout cas, s'il n'était pas cadre, c'était rudement bien imité : costume noir et cravate, cheveux bien en place, pas un qui dépasse, chaussures noires qui brillent juste ce qu'il faut pour apprécier la qualité du cuir, petit attaché-case, chemise blanche à motifs vaguement fantaisistes mais juste ce qu'il faut pour pouvoir la mettre au bureau. Il venait de temps à autre le soir, après son travail.

Il consommait au comptoir, on se demande pourquoi.

Je ne l'aimais pas. On se demande pourquoi.

Il la monopolisait. Il la faisait rire. D'un soir ou deux par semaine, il est passé à trois ou quatre, puis ça a été tous les soirs. Chaque fois, il restait de plus en plus tard, à croire qu'il n'avait pas d'amis. Pas de famille.

Je connaissais assez bien Lisa pour savoir qu'elle n'était pas différente avec lui qu'avec les autres, mais ça ne m'empêchait pas d'être jaloux. Jaloux du temps qu'elle lui consacrait. Ou plutôt du temps qu'il lui extorquait. Plusieurs fois, elle l'a laissé en plan pour venir papoter avec nous. Chaque fois naturellement, avec délicatesse, si bien qu'il ne s'en offusquait pas. Il devait penser que nous étions de sa famille ou qu'elle se sentait obligée de nous tenir compagnie. Elle ne cherchait pas à se justifier. Ce qui ne veut pas dire qu'elle se montrait désagréable avec lui, bien au contraire. Elle l'aimait bien, ça se voyait. Mais entre aimer bien et aimer, il y a une différence que lui ne saisissait pas.

Un soir, il lui a proposé de la voir en dehors. « Se voir en dehors » est un concept inventé par des hommes et des femmes qui ont envie de nouer une relation sexuelle voire amoureuse avec l'un ou l'une de leurs collègues ou tout autre personne de sexe opposé qu'ils connaissent dans le cadre de leur activité professionnelle, qu'ils considèrent comme le « dedans ».

Je m'étais rapproché, mine de rien. Pour entendre ce qu'il disait et, je dois l'avouer, pour que ma présence le mette mal à l'aise. Il m'insupportait. « On pourrait prendre un verre un soir après, blablabla blablabla... » Proposer un verre à quelqu'un qui passe ses journées derrière un comptoir... J'en aurais presque ri. Sauf qu'elle a accepté. J'ai eu envie de vomir, de partir en courant ou de me livrer à des expériences de dissection anatomique de jeune cadre afin de vérifier que l'intérieur était aussi fade que l'extérieur. Je me suis abstenu et j'ai fini mon verre, fait un salut de la main et suis rentré chez moi.

Le lendemain a été terrible. C'était bien avant la fontaine à eau. Je n'avais pas la tête aux chiffres et bâclais tous les dossiers qui me passaient sous la main, si bien que je savais pertinemment que j'allais avoir à y revenir. J'ai quitté mon travail de bonne heure, couru entre les correspondances du métro, pris une douche express et suis arrivé au café essoufflé. Il n'était pas là. Lisa avait l'air normale. Même sourire que la veille, sans plus. Le lendemain même chose, le jour d'après idem, et les jours qui ont suivi : plus de petit cadre propret, plus de costume noir et cravate, plus de cheveux bien en place, plus de chaussures noires qui brillent juste ce qu'il faut pour apprécier la qualité du cuir, plus de petit attaché-case, plus de chemise blanche à motifs vaguement fantaisistes mais juste ce qu'il faut pour pouvoir la mettre au bureau.

J'hésitais à la questionner, tournant autour du pot, pour finalement lâcher :

« Tiens, ça fait longtemps qu'on ne l'a pas vu.

– Qui ça ?

– Tu sais, le gars qui venait souvent, qui s'asseyait au comptoir...

– Ah, David ?

– Peut-être, je ne connais pas son prénom.

– Oui, c'est David. Il ne vient plus, c'est dommage, il était sympa.

– Oui, il avait l'air.

– ...

– Et il est parti en voyage, en vacances ? Il est mort ?

– Non... En fait, il y a eu un malentendu.

– Ah bon ?

– Un soir, on est allés prendre un verre...

– Ah ?

– Oui, il m'a proposé et j'ai pas osé refuser, et puis ça me disait bien, il était plutôt chouette.

– Et ça s'est pas bien passé ?

– Au début si, très bien, on parlait de tout et de rien. Mais... ensuite... comment dire ? Bon, il s'était fait des idées, il croyait qu'on allait se revoir en dehors. Il pensait que j'attendais plus. En tout cas, lui attendait plus.

– Merde ! Du coup vous vous êtes disputés ?

– Non, non, pas du tout. Je le lui ai expliqué. Il avait l'air déçu, mais il s'en remettra.

– ... (pas sûr) »

Il y en a eu un autre. Un jeune aussi. La trentaine, représentant en je ne sais plus trop quoi lié au café. Il passait une fois tous les quinze jours. Comme le précédent, il s'attardait de plus en plus. Remplissait son bon de commande et papotait. Papotait et souriait. Souriait et riait. Riait et m'énervait. M'énervait et restait de plus en plus longuement, s'appuyant au comptoir avec son coude et son bras musclé, faisait ses petits sourires et ses petits regards du gars qui a le premier rôle dans une comédie romantique et à qui rien ne peut arriver. Certainement un type sympa mais je n'y pouvais rien : il m'agaçait avec ses sourires, ses rires, son humour, sa belle gueule, son assurance. Pourquoi ne se contentait-il pas de remplir ses bons de commande ? Cela aurait été très bien, amplement suffisant. « Je te mets trois lots de pur arabica, le quatrième est offert par la maison, si si j'insiste, je repasse dans deux semaines, on doit avoir un arrivage de café brésilien dont tu me donneras des nouvelles. » Qu'il fasse son boulot de représentant et le monde ira très bien. Mais non, visiblement, il ne l'entendait pas de cette oreille. Il y a eu les petits cadeaux, les échantillons. Offrir des échantillons, c'est la classe, non ? Puis des échantillons il est passé aux cartes postales vaguement drôles avec, chaque fois, un petit mot derrière. Elle prenait la carte, la retournait et souriait.

Cette fois encore, il y a eu malentendu. Le représentant en café lui a proposé un jour un café, en dehors. C'est fou ce que les hommes manquent d'imagination lorsqu'ils s'adressent à Lisa. Je crois qu'elle n'y est même pas allée. Il faut dire qu'avec Thomas et Sam, nous nous étions livrés à un véritable travail de sape, prenant soin, dès qu'il quittait le café, de pointer chacun des ses petits traits qui faisaient de lui une caricature de séducteur pour téléfilms en mal de scénario.

Il y en a eu certainement d'autres. Beaucoup d'autres, pendant mes heures de travail, des hommes profitant des moments où j'étais penché sur mes colonnes de chiffres pour venir faire la causette à Lisa. Quand on est un habitué d'un lieu, on a du mal à accepter qu'il y ait des habitués que l'on ne connaît pas, simplement parce que leurs habitudes ne correspondent pas aux nôtres.

À vrai dire, on ne sait pas grand chose de Lisa. En tout cas, personnellement je ne sais pas grand chose d'elle. Elle vit seule. Seule, belle, célibataire, un sourire à tomber, des cheveux bruns qui dansent le long de son cou, des yeux clairs qui vous fixent et vous paralysent, des gestes lents et sensuels, une propension à rougir si on la flatte. Quelque chose entre l'œuvre d'art et la beauté simple de la nature. Ce qu'elle fait en rentrant chez elle ? Elle lit ou regarde des films.

Elle écoute les Beatles. Beaucoup. Elle est de ces aficionados pour qui la guerre entre les Beatles et les Rolling Stones a réellement existé. Elle ne s'emporte pas souvent, mais dites-lui que Mick Jagger c'est quand même autre chose que John Lennon et vous verrez ce dont elle est capable. Je soupçonne d'ailleurs le cadre d'avoir soutenu cette thèse, ce serait tout à fait dans ses cordes

Lisa, c'est le genre de personne à qui l'on parle facilement. Elle ne pose jamais de questions inquisitrices mais parvient à persuader son interlocuteur qu'elle s'intéresse à lui. Elle est capable de se passionner pour n'importe qui et pour n'importe quoi. Si elle n'a pas un avis, elle a des questions. Je n'ai pas le souvenir qu'il y ait eu un blanc dans une conversation avec elle. Je n'ai pas le souvenir qu'il y ait eu une conversation sans son rire. Je n'ai pas le souvenir de m'être ennuyé à ses côtés. J'ai la sensation que je ne pourrais jamais me lasser d'elle.

J'ai aussi parfois la sensation que je devrais partir loin, très loin d'elle. Mais je me ravise. Je sais qu'elle ne sera jamais à moi. Je sais que je n'aurai jamais ses bras. J'ai appris à vivre avec et ça ne m'empêche pas d'être heureux.

Je suis tiré de mes rêveries par un vieillard qui me tapote l'épaule.

« Hé, mon gars, faudrait vous activer, on n'est pas venu ici pour vous voir rêvasser. »

La salle est pleine, et bien pleine. À vue de nez une bonne cinquantaine de personnes. Jamais je n'aurais imaginé que le café puisse contenir autant de monde. Des mains claquent timidement, puis d'autres, et en quelques secondes la salle résonne de ce qu'il est convenu d'appeler un tonnerre d'applaudissements. « Allez, vas-y petit ! » crie la voix chevrotante d'un bossu en survêtement. Sam et Thomas rient aux éclats, Lisa traverse la salle avec un énorme plateau couvert de tasses de thé et de quelques verres dont je ne parviens pas à discerner le contenu. Je m'assois enfin pendant que les applaudissements perdent en force, laissant place à un silence respectueux. Ma jambe ne tremble pas.

Pierre-Jean voulait que je « m'éveille culturellement ». Pour lui, l'école était très importante, mais on n'y apprenait pas tout. Surtout, il pensait que l'on y apprenait quantités de choses inutiles. Il abhorrait les mathématiques et les problèmes toujours plus ineptes que l'on nous posait.

Pour lui, on acquérait la culture dans les livres et dans les musées. L'école devait nous apprendre à lire, écrire et compter. Mais pas à lire, écrire et compter n'importe quoi.

« Ça c'est bien vrai !

– Oh, mais elle a pas fini, celle-là ? Elle va pas nous faire le coup chaque fois ! »

Je me souviens de la première fois qu'il m'a amené au Louvre. Je devais avoir à peine plus d'une dizaine d'années. Nous avions parcouru les salles au pas de course. Il s'agissait de voir le maximum de tableaux en une après-midi. Nous nous sommes arrêtés devant la Joconde, la Victoire de Samothrace, la Vénus de Milo... Et nous avons enchaîné : la Renaissance italienne, les sculptures du XIXe siècle... Nous sommes sortis alors que le soleil achevait sa ronde derrière les immeubles parisiens.

« Oh, comme c'est beau...

– Je t'avais prévenue, cette fois, c'est décidé, je pète ta canne !

– Oh calmez-vous, non mais calmez-vous, vous voyez bien qu'elle a plus toute sa tête.

– M'en fous de sa tête, sans canne, elle arrêtera de venir nous enquiquiner tous les soirs !

– Silence !

– Pardon. »

Le soleil se couchait et mon grand-père me regardait, tirant sur sa cigarette, visiblement épuisé : « Alors, tu as aimé ? » Je ne savais pas quoi répondre, j'avais vu tellement de choses. Tellement d'œuvres que nous sommes obligés d'aimer. J'ai hésité un instant, cherchant une idée lumineuse, quelque chose d'original... Je n'ai trouvé rien d'autre que : « C'était très intéressant.

– Pardon ? s'est étouffé mon grand-père

– Oui... très intéressant. Toutes ces... œuvres, ça m'a beaucoup plu.

– Mais, "intéressant", ça ne veut rien dire ! Il est intéressant de connaître le prix du pain lorsque l'on prépare sa monnaie, il est intéressant de savoir faire un nœud en huit quand on est marin et que l'on doit prendre le large. Plein de choses sont intéressantes... Mais l'art n'est pas "intéressant"... C'est plus que ça !

– Oui... Mais on en a vu tellement : c'est pas facile de dire quelque chose.

– Qu'est-ce que tu as le plus aimé, qu'est-ce qui t'a le plus surpris ?

– Pourquoi la Vénus de Milo, elle a pas de bras ?

– Hmmm... Peut-être un problème de transport. Quand on a rapatrié la statue en France, le déménageur avait trop bu et il l'a laissé tomber... Ou alors c'est le sculpteur qui n'était pas content de son travail et il s'est dit qu'en enlevant les bras ça lui donnerait une allure plus aérodynamique. Ou il a pensé que ça lui donnerait un air plus ancien et qu'il pourrait en tirer un bon prix en la faisant passer pour une antiquité.

– C'est pas une antiquité ?

– Si, si, certainement, mais ce n'est pas uniquement ça qui fait sa valeur.

– C'est quoi alors ?

– Je ne suis pas spécialiste, mais je pense qu'elle tient à l'émotion qu'elle fait naître en celui qui la regarde. C'est comme la Joconde... Le tableau est tout petit et pourtant on a beaucoup écrit à son sujet.

– On a écrit quoi ?

– Beaucoup de gens se demandent qui est la femme représentée, d'où vient ce regard particulier et ce sourire inimitable. »

« Un peu comme Amanda Lear en fait. »

Un homme se lève et se jette sur la malheureuse qui a une nouvelle fois interrompu mon récit. Un autre homme s'interpose, des cris sont poussés, un verre brisé, une chaise renversée, un journal froissé, un dentier égaré, un caniche écrasé, une prothèse de la hanche déformée. Trois vieillards finissent par soulever un corps que j'ai du mal à identifier du fait de ses multiples gesticulations et le porter manu militari à l'extérieur du café. Ils reviennent sous les hourra et les acclamations, serrent des mains, échangent quelques mots à voix basse, s'assoient et me font signe d'un moulinet du poignet de reprendre où j'en étais.

Nous sommes retournés au Louvre quelques semaines plus tard. Mais cette fois, je n'avais pas le droit de regarder les œuvres exposées jusqu'à ce que mon grand-père s'arrête devant l'une d'entre elles. Là, il me disait que je pouvais ouvrir les yeux et prendre tout mon temps.

Je me souviens les avoir rouverts face au tableau de Delacroix, *La Liberté guidant le peuple.* Je l'aimais bien parce qu'il était immense. Jamais je n'avais vu un tableau aussi grand. Et c'était également la première fois que je voyais les seins d'une femme. J'ai demandé à mon grand-père si ça n'était pas vulgaire. Il a hésité et m'a expliqué que l'art n'était pas vulgaire et que cacher ses seins était une pratique assez récente. Je voyais bien qu'il n'était pas sûr de lui et que, à vrai dire, il ne s'était jamais posé la question.

« Vois-tu, c'est un tableau qui s'inspire d'une révolution qui a lieu en France en 1830. La femme au centre dont tu as remarqué les... attributs féminins, c'est la Liberté.

– C'est pour ça que le mot liberté est féminin ?

– Hum... non, c'est une image, une allégorie... (Il a hésité sur ce mot, craignant sans doute que je lui demande de me l'expliquer, ce dont je me suis bien gardé.)

– Et elle fait quoi, là ?

– Elle vient pour aider le Peuple. L'aider à sortir d'une mauvaise passe.

– Et pourquoi elle est pas venue quand il y avait les Allemands ?

– Je sais pas. (Son regard s'est troublé.) Elle est venue, mais elle était en retard... Elle devait être occupée ailleurs... Ou alors, elle ne voulait peut-être pas montrer ses seins aux Allemands. »

CHAPITRE
14

Un collègue a posé sa démission aujourd'hui. Il avait promis qu'il ne se laisserait pas faire et il ne s'est pas laissé faire. Il a filé dans le bureau de la direction, a remis une lettre officielle et est reparti en claquant la porte. Il est revenu sur ses pas quelques minutes plus tard, a frappé à la même porte, passé la tête pour demander, en s'excusant pour le dérangement, si une copie en recommandé avec accusé de réception était nécessaire. Satisfait de la réponse, il a refermé délicatement la porte et est reparti. Il est de nouveau revenu sur ses pas, a rouvert la porte sans frapper et l'a claquée dans un grand mouvement en criant qu'il ne se laisserait pas faire.

C'est la stupéfaction à l'étage. Il était là depuis plus de vingt ans. Plus de vingt ans, pensez donc, la moitié d'une vie selon le responsable marketing. Le quart d'une vie, l'a repris l'adjoint commercial. Mais le responsable marketing parlait de vie professionnelle, si bien que les deux ont fini par se mettre d'accord somme toute assez rapidement. La fontainc à cau a fonctionné à plein régime toute la matinée.

Dans l'après-midi, le directeur général vient me trouver. Il ne comprend pas. Je le regarde sans manifester le moindre signe d'intérêt. Il me répète qu'il ne comprend pas. Je me repenche sur mes chiffres, attendant la question que, manifestement, il a du mal à formuler. Il s'approche et pose une chemise sur mon bureau. Les notes de frais, j'aurais dû m'en douter. Elles ont explosé ce mois-ci. Il trouve qu'elles sont complètement dingues, que les commerciaux ont fait n'importe quoi et que j'aurais dû lui en référer immédiatement. Je note l'information sur un *Post-it*, ça peut toujours servir. Il ne bouge toujours pas.

« Non, mais vous ne semblez pas vous rendre compte de la situation ! Des places à l'opéra sur notes de frais ! Et ce n'est qu'un exemple, regardez, là, encore, qu'est-ce qui justifie l'usage professionnel d'un caniche nain ? Et ici, chaussures à crampons, je ne paye pas mes commerciaux pour jouer au foot ! »

Je lui fais remarquer que beaucoup d'autres sports nécessitent l'usage de crampons, mais il ne semble pas y accorder la moindre importance, préférant enchaîner :

« Fausse barbe ! Dans une note de frais... mais pourquoi ?

– Pour se déguiser en barbu, j'imagine. Bûcheron, père Noël...

– Un tutu, on a des danseuses au bureau ?

– Pas à la compta, je peux vous le certifier, mais je connais assez peu de monde ici.

– Violoncelle, non mais qu'est-ce que ça veut dire ?

– C'est un instrument de musique. Un peu comme un violon, mais plus gros.

– Le kit du petit météorologue...

– Important de prévoir le temps, monsieur le directeur.

– Le Cochon qui rit, mais pourquoi ?
– Aucune idée de ce qui peut bien faire rire le cochon, mais il me semble qu'il s'agit d'un jeu de société pour enfants.
– Et là, regardez, une note de deux mille cinq cents francs pour une fleur !
– Alors si je peux me permettre, il s'agit d'une fleur très rare.
– Et les perroquets, les dentelles de Calais, le bandeau de pirate certifié authentique, la carte au trésor, le lapin rigolo, la statue en cire de Platini, le piano-cocktail, les œuvres complètes de Boris Vian...
– C'est cohérent, le piano-cocktail est une invention de Vian. C'est dans *L'Écume des jours*.
– Non, mais vous vous rendez compte ! Ils vont couler la boîte !
– Qui ça, “ils” ?
– Les commerciaux, nom de Dieu !
– Les commerciaux... Ah, je comprends ce que vous voulez dire. Non, en fait, ils n'y sont pour rien.
– Pardon ?
– Oui, pour tout vous dire, je commençais à trouver ces notes de frais d'un ennui mortel. Alors, pour rester éveillé, pour continuer à être ce socle sur lequel l'entreprise aime tant s'appuyer, je me suis dit qu'un peu de fantaisie dans ces dossiers ne me ferait pas de mal. Une récréation, en somme.
– Mais c'est du détournement ! C'est une escroquerie.
– Ah. Je ne savais pas. Toutes mes excuses. Je vais reprendre ce dossier pour corriger tout cela. »
Il me fixe, le regard vide. Une explication semble chercher la voie de la logique à l'intérieur de son crâne. Il reste immobile, ouvre la bouche, la referme, procède

à un léger claquement de langue. « Je veux le dossier sur mon bureau demain matin à la première heure. » Il est étrangement calme en m'expliquant que c'est la dernière fois qu'il tolérera ce genre d'ineptie et que le monde de l'entreprise ne peut souffrir ce genre de comportement une autre fois. Faisant le dos rond, je ne relève pas la répétition et le laisse continuer. Parce que, selon lui, ce n'est pas ça, la fantaisie. Il sort un chapeau pointu de la poche de sa veste, le tapote pour lui redonner sa forme, enfile un nez de clown et m'explique de sa voix nasillarde que « ça, c'est rigolo, ça c'est de la fantaisie ! Bonjour les ptits enfants, comment ça va aujourd'hui ? » Il fait semblant de se prendre les pieds dans le portemanteau, tombe de tout son long, accroche au passage sa veste à la poignée de la porte, me demande si j'ai vu le méchant gendarme et le voilà parti.

Je reprends le dossier, les factures, les cafés à six francs, les menus entrée-plat-dessert à cinquante francs, les pleins d'essence, les péages, les nuits d'hôtel... Les mêmes notes de frais depuis vingt ans. Sans aucune imagination, aucune variation. Je suis comptable.

Le réverbère en bas de chez moi ne fonctionne plus. Suicide, à n'en pas douter. Faut-il prévenir quelqu'un, la police, la famille ? Fort heureusement, on y voit encore à peu près. Assez pour faire glisser la clef dans la serrure. Je suis accueilli par un flot de notes qui rebondissent contre les ordures. Je m'engouffre dans le tunnel et monte les premières marches. Sur mon palier, trois musiciens tziganes sont en train de jouer quelque chose qui ressemble à de la musique traditionnelle. De leur tradition à eux, parce qu'ils ont bien un accordéon, mais on est assez loin d'Yvette Horner reprenant *Le Temps des cerises*. Un jeune, un vieux, un très vieux. Sans doute une famille, ou une excellente imitation, voire une illustration saisissante du concept de génération. Violon, guitare, accordéon. Le résultat est franchement pas mal : ça swingue, comme disait mon grand-père.

Je n'ai rien contre le swing, je n'ai rien contre la musique tzigane, je n'ai rien contre le principe de génération, je n'ai rien contre les violons, les accordéons et les guitares... Je dirais même : au contraire. Mais la situation me désarçonne quelque peu. Le concert a tout de même lieu sur mon palier. C'est peut-être une surprise organisée par un ami ou un collègue de travail. Quelque chose comme un télégramme chantant. Mais si tel est le cas, ce n'est pas très malin, parce que je ne comprends rien à leur langue, et si c'est un message que l'on m'adresse, il aurait mieux valu engager des chanteurs francophones.

Ils occupent la totalité du palier. Il m'est donc impossible de gagner mon appartement. Alors j'attends. Je les regarde en souriant, histoire de faire le mec sympa. Je n'ai pas envie qu'on me prenne pour le vieil irascible qui ne supporte pas la musique sur son palier. Je tente de prendre une contenance en tapant du pied, mais ils ne font pas attention à moi, à tel point que ça en devient un peu frustrant. C'est que je me suis pris au jeu. Je tape du pied plus fort, pour faire partie de leur groupe, pour appartenir à leur musique. Après tout, ils sont devant chez moi. Ils ne me regardent toujours pas. Je lève haut le genou, écrase ma chaussure sur le bois de l'escalier, tout en veillant à être dans le rythme, il n'y a pas de raison qu'ils soient les seuls à faire la fête.

Les secondes défilent, les planches de l'escalier craquent. La minuterie suit son cours, nous plongeant dans le noir toutes les deux minutes à peu près, obligeant le violoniste à donner un coup d'archer sur l'interrupteur. Une ou deux fois, je tente un mouvement vers ma porte. Pas de réaction. Je sors la clef de ma poche. Pas de réaction. Je me racle la gorge mais le bruit est couvert par leur musique. J'attends, tape du pied, retape du pied. Joue des mains sur la rambarde, faisant résonner l'ensemble de la cage d'escalier. Je m'étonne que, parmi les voisins, aucun ne réagisse. Ils doivent être effrayés. C'est qu'ici, on n'est pas habitué à entendre de la musique tzigane sur le palier du premier étage. Ou alors il n'y a personne dans l'immeuble. Ou alors, l'acoustique est meilleure derrière la porte, peut-être que les médiums ou les aigus sont filtrés par l'épaisseur du bois et que la musique sonne mieux à l'intérieur des appartements. Peut-être que tous mes voisins tapent du pied dans leur salon en buvant de la vodka. Peut-être que certains ont peur du tunnel et se font héberger qui par un cousin, qui par une vieille tante, qui par un collègue de travail : « Ça t'embête si je passe quelques nuits chez toi, le temps que ma concierge ressuscite ? »

Je n'ai pas de cousin, je n'ai pas de vieille tante, et mes collègues de travail, vous savez ce que j'en pense. Surtout : je n'ai rien contre les tunnels creusés au milieu des ordures. Le seul problème, ce soir, ce sont ces musiciens tziganes. Et j'aimerais bien accéder à mon appartement.

C'est à ce moment-là que j'aperçois le python qui descend tranquillement du deuxième étage. Évidemment je pense à la mère de Sam et au *Gros-Câlin* de Romain Gary. Comme dans le livre, l'animal doit mesurer plus de deux mètres. Une belle bête. Il glisse, lentement et sûrement, ondulant fièrement, si tant est qu'un python puisse être fier. En tout cas, il n'a pas l'air honteux. Il ne fait rien de mal, il descend, voilà tout. Je me demande d'où il vient et si ça me regarde. C'est incroyable le nombre de questions que peut faire naître un serpent dans un escalier. Romain Gary décrit l'hystérie de la propriétaire du maître de Gros-Câlin lorsque celui-ci vient lui chatouiller l'entrejambe par la cuvette des toilettes. J'aime autant que celui-ci choisisse la voie de l'escalier qui est, admettons-le, plus conventionnelle.

Les Tziganes, pour courageux qu'ils sont, poussent un grand cri. Effet de surprise, normal. Mais, chose étonnante, ils ne cessent pas une seconde de jouer. Certes, je note une légère accélération du rythme mais cela est tout à fait légitime.

Tandis que le python continue sa progression – il est à présent à cinq ou six marches de nous –, les musiciens se déplacent lentement à petits pas chassés, comme une chenille prise de torticolis. Les voilà qui descendent les marches, chantant et gesticulant. Ils ne me saluent pas, ne semblent toujours pas avoir pris conscience de ma présence. Le python les suit, attiré par leur musique. C'est assez beau à voir. L'animal glisse sur mes pieds et s'enfonce dans le tunnel, rejoint par mes vieilles écharpes dont je n'avais plus eu de nouvelles depuis leur évasion. J'esquisse un geste de la main pour lui dire au revoir, doutant néanmoins qu'il y soit sensible.

La voie est à présent libre, je peux rentrer chez moi.

Une douche bien méritée au cours de laquelle, curieusement, je sifflote un vieil air traditionnel tzigane. À l'occasion, j'essaierai de me trouver un disque.

Une demi-heure plus tard, habits enfilés, sandwich avalé, chaussures lacées, corps délassé, idées enlacées, je peux ressortir.

La dame au chien est bien à sa place. Le chien aussi, un peu plus bas, accroupi, l'œil inspiré de celui qui sait ce qu'il a à faire. Il regarde droit devant, ne me voit pas, ne me sent même pas. Après tout ce que j'ai fait pour lui, quelle ingratitude. La dame me jette un regard furtif, esquisse un mouvement de la tête discret. On ne sait jamais : pas trop de familiarité, garder les distances. Je lui rends son mouvement tout aussi discrètement et je snobe l'animal, il n'y a pas de raison.

L'enseigne clignote. La rue est animée, pour une fois. Plus précisément, elle est bloquée. Une ambulance et des badauds : rien de mieux pour créer un attroupement qu'un petit écrasé. Je me refuse d'approcher, pourtant, moi aussi j'aimerais savoir ce qui s'est passé. Mort ? Blessé ? Jeune ? Vieux ? Un seul ? Plusieurs ? Piéton contre véhicule ? Véhicule contre piéton ? Piéton contre vélo ? Vélo contre bus ? Chaise roulante contre tracteur ? Monte-charge contre patin à roulettes ? Déambulateur contre mobylette ?

Lisa se tient dans l'entrée de son café, il fait doux et la porte est ouverte. Elle me sourit puis se ressaisit et prend un air de circonstance, levant à peine les sourcils, comme pour dire : « tu as vu ça ? » Elle enchaîne : « Un malaise ». J'avoue que je suis déçu. Sans vouloir paraître trop exigeant, j'aurais aimé quelque chose de plus original, de plus sensationnel.

Nous restons quelques instants silencieux, à contempler les gens qui regardent. Des dos, des nuques, un peu de toutes les tailles, de tous les âges, de toutes les couleurs, mais tous dans le même sens. Il y a une certaine harmonie. C'est assez divertissant et élégant. Et ça discute, ça papote, ça commente. Les gens hésitent entre l'angoisse et le plaisir de se retrouver ensemble... C'est qu'ils n'en ont pas souvent l'occasion, alors ils savourent.

Thomas trottine sur le trottoir, le visage tourné vers l'attroupement. Arrivant à notre hauteur :

« Qu'est-ce qui se passe ?

– Un malaise.

– C'est tout ?

– Bah oui, désolé.

– Et ils regardent quoi exactement ?

– Le malaise.

– J'en ai jamais vu. C'est chouette ?

– Pas mal, sans plus. Et puis, d'ici on voit pas bien : il y a trop de monde devant.

– Et c'est qui ?

– Une personne âgée certainement. En fait, on sait pas trop.

– Il sortait pas d'ici au moins ? Tu ne lui as pas servi un de tes cafés ?

– Non, non. Pas un client. D'après ce que j'ai un compris, c'est quelqu'un qui marchait dans la rue. Et puis l'instant d'après, il ne marchait plus.

– Comme un jouet cassé ?

– Pas tout à fait : plutôt comme un jouet dont les piles viennent de lâcher. Tu sais : ça ralentit doucement et puis… ça marche plus. Comme ça, en quelques secondes.

– Ça doit être un problème de pacemaker.

– Peut-être. »

Sam se joint à nous :

« Il y a de l'ambiance ici ! Qu'est-ce qui se passe ?

– Un malaise… »

Et c'est reparti à reparler de la faiblesse de la carcasse humaine. Au fond, nous ne sommes pas très différents de tous ces gens qui regardent.

L'ambulance démarre, allume son gyrophare et disparaît à l'angle de la rue. Les badauds restent quelques instants, attendant que quelque chose se produise. Mais rien. Ils ne savent pas trop quoi faire. Comme s'il était indécent de partir maintenant. Il y a des raclements de gorge, quelques au revoir et, progressivement, la foule se disperse et finit par disparaître complètement, nous laissant seuls sur le pas de la porte.

Comme tout le monde, nous rentrons. Nous devenons des badauds assis avec un café.

Un café et une enveloppe. Même enveloppe mais écriture différente. Plus hésitante. Sam nous fait signe de l'ouvrir en regardant ailleurs.

Mon petit,

Ici, tout va bien, sauf ton père. Il n'est pas allé travailler aujourd'hui. Il m'a dit qu'il avait mal à la tête, alors je l'ai laissé tranquille et suis allée faire les courses. J'en ai profité pour acheter du fil de fer barbelé et l'ai installé pendant son sommeil. Tu sais que ça fait très mal, cette chose-là. Je me suis coupé un doigt dont, de toute manière, je me servais assez peu. À dix-sept heures, tout était fini et je défie les voisins de s'aventurer chez nous.

Quand il a vu ça, ton père a levé les yeux au ciel. J'avais un peu peur de sa réaction, mais il n'a rien dit. Au moins, on est en sécurité et j'ai fait des provisions de sucre, au cas où l'ennemi mettrait le siège devant chez nous. Leurs enfants rôdent beaucoup devant la maison. Ils ont de nouveaux vélos (comme par hasard !). Je crois qu'ils font des repérages... J'ai trouvé le moyen d'y mettre un terme : des clous ! J'en ai mis sur le trottoir et sur la route. Ça n'a pas manqué ; à leur premier passage, ils ont crevé. Tu les aurais vus pleurer, tu en aurais été heureux. Le problème, c'est que les voitures aussi crevaient et qu'au bout de la quatrième, ça commençait à faire un sacré embouteillage. Et je ne te parle même pas des klaxons. Les pompiers ont dû intervenir avec des balais. Personne n'était vraiment ravi, mais je pense que les espions vont se calmer pendant quelques temps. Personne n'a jamais su d'où venaient les clous. Ça restera une énigme.

Et toi, mon chéri, que deviens-tu ? Il faudra bientôt venir nous voir. Tu me l'avais promis pour Noël. J'ai déjà préparé les œufs en chocolat. Tu as dû grandir et être devenu un beau jeune homme avec une cravate et les cheveux bien coiffés. Pense à te trouver une jolie jeune femme pour terminer ta vie à ses côtés. Et si tu peux trouver des enfants par la même occasion, n'hésite surtout pas, il y en a plein en ce moment.

Je t'embrasse

« Un deux. Un deux. » Larsen.

« Un deux. Un deux ». Un moustachu me tend un micro, m'expliquant que c'est pour les gens qui n'ont pas pu entrer. Le café est bondé et on a dû installer un haut-parleur dans la rue où une foule s'agglutine depuis un bon quart d'heure.

Pierre-Jean passait ses soirées à écrire. Lorsqu'il rentrait de ses « tournées », il prenait un de ses cahiers, enfilait ses lunettes, lissait sa moustache blanche et toussotait en décapuchonnant son stylo.

Il n'écrivait rien. C'était ce qu'il me disait. Des histoires sans importance. « Il y a des gens qui écrivent des listes de courses, moi je fais des listes de vies. » Il inventait des histoires de rien, me disait-il. Sans but. Parfois il m'en faisait la lecture. Beaucoup d'enfants grandissent avec des livres. Moi, je grandissais avec les histoires de mon grand-père. Je n'avais jamais entendu parler de Peter Pan ou de Blanche-Neige, mais je connaissais des dizaines d'autres aventures qui sortaient directement de son imaginaire. Il me disait toujours que c'était des histoires qui lui étaient arrivées. Quand j'étais tout petit, j'y croyais. C'était un peu comme le père Noël : au début j'y croyais, puis j'ai douté et enfin, j'ai fait semblant d'y croire afin de ne pas en briser la magie.

Je me souviens d'une fois où je lui ai demandé comment on faisait les nouilles. Si c'était un légume qui poussait quelque part ou si c'était comme le pain, quelque chose de fabriqué. Il a paru surpris, a allumé une cigarette et a réfléchi. J'ai cru qu'il allait me donner une réponse, mais celle-ci n'est pas venue et nous avons continué le repas en silence. Une fois celui-ci terminé, alors que je regagnais ma chambre, il a pris l'un de ses fameux carnets.

Ce n'est que le lendemain soir qu'il a posé une feuille manuscrite sur mon assiette. Il m'a expliqué qu'il avait téléphoné en personne à monsieur Panzani, un type très sympa qui ne parlait pas très bien français mais avec qui il avait eu l'honneur de discuter : « Je lui ai demandé d'où provenaient ses nouilles. Tu sais, ce n'était pas facile de lui parler. Au début, sa secrétaire refusait de me le passer. Je ne l'ai eu que quelques minutes, juste avant qu'il ne parte en réunion. Mais il m'a promis de répondre à ma question et, cet après-midi, alors que je rentrais de ma tournée j'ai trouvé cette lettre sur le paillasson. »

Cher Monsieur,

En réponse à votre appel d'hier, je vous adresse ces quelques informations. Les nouilles se récoltent dans des carrières. Ce que l'on appelle les carrières de nouilles. Il existe plusieurs gisements de par le monde. Une équipe de « nouilleurs » est chargée de la prospection. Ils enfoncent d'énormes forets dans le sol et analysent les différentes couches accumulées au cours des siècles. Parmi ces différentes couches et sous-couches, ils peuvent avoir la chance de tomber sur un gisement de nouilles. Là commence le travail des « dénouilleurs » qui ont la charge d'extraire l'aliment de son milieu naturel. Les gisements varient entre quelques mètres carrés et plusieurs hectares, mais l'extraction demande un savoir-faire et une minutie hors-norme. Tractopelles et brouettes se relaient alors jours et nuits sur la carrière jusqu'à ce qu'il ne reste plus une seule nouille en liberté.

Malheureusement, nos nouilleurs ont beau mettre toute leur énergie à parcourir le monde, il semblerait que nous soyons venus à bout de nos ressources naturelles en nouilles. Une bonne nouvelle est toutefois venue apporter le sourire à nos équipes et nos dénouilleurs vont pouvoir se remettre au travail.

En effet, un nouveau gisement a été découvert. Ce dernier se trouve en plein cœur de Paris, ce qui ne va pas rendre notre travail aisé. Il ne nous manque qu'une ou deux autorisations administratives et l'extraction pourra débuter. Cependant les difficultés techniques vont nous donner du fil à retordre. Le gisement se trouvant sous la cathédrale Notre-Dame, nous allons devoir la démonter pierre après pierre et la remonter un petit peu plus loin, certainement aux environs du XIIIe arrondissement, à moins que le bois de Boulogne n'offre de meilleures perspectives.

Vous vous doutez qu'un tel chantier ne se fera pas en un jour et que le coût financier aura vraisemblablement des répercussions auprès des consommateurs. Nous vous deman-

dons donc la plus grande discrétion, afin qu'aucune rumeur ne filtre, ce qui aurait pour effet de créer un véritable krach de la nouille. Nous nous attendons à des vagues de protestations de la part des amoureux de la cathédrale qui semblent avoir oublié que celle-ci était dans un réel état d'abandon il y a moins d'un siècle.

Nous étudions encore toutes les possibilités et il n'est pas inenvisageable non plus que la cathédrale soit de nouveau remontée à son emplacement originel, après extraction complète des nouilles.

En vous remerciant une nouvelle fois pour l'intérêt que vous portez à notre société, je vous prie d'accepter, Monsieur, l'expression de nos sincères salutations.

M. Panzani

Mon grand-père me regardait attentivement tandis que je lisais cette lettre. Évidemment, je suis resté perplexe un instant. J'aimais bien Notre-Dame et j'avais eu l'occasion de lire en classe le célèbre roman de Victor Hugo. J'imaginais Esmeralda dansant au milieu des pâtes et Quasimodo hurlant à la mort devant la destruction de son foyer.

CHAPITRE 15

Le directeur commercial s'est fait licencier. À quelques mois de la retraite. Mauvais résultats ou trop d'alcool, la raison officielle n'est pas connue. Je ne cherche pas à la connaître. Pourtant, j'ai le ventre noué. Il s'appelle Bernard. Mais à partir d'aujourd'hui, dans les bureaux, on dit « il s'appelait Bernard ». Comme s'il était mort, porté disparu, volatilisé, évaporé. Il n'a plus de fiche de salaire à son nom, il n'existe plus, on parle de lui au passé, comme un souvenir douloureux ou honteux. Pendant quelques semaines, son nom ne sera même jamais prononcé à voix haute, on le chuchotera.

C'est lui qui m'avait fait embaucher. Ils cherchaient un comptable, je venais d'avoir mes diplômes, l'équation était assez simple. Le directeur ou plutôt l'ex-directeur commercial avait grimpé les échelons les uns après les autres, c'est ce qu'il rappelait à chaque nouvelle recrue. Message d'espoir ou manière de se glorifier, peu importe. C'est lui qui avait dit à Pierre-Jean que la boîte manquait de représentants lorsque nous étions arrivés à Paris. Ils ont commencé tout en bas ensemble, mais à la différence de mon grand-père, il n'y est pas resté.

Son ambition ne se satisfaisait pas de quelques conversations avec des grands-mères et de deux ou trois biscuits secs. Ils s'étaient connus avant la guerre, un cousin de copain ou quelque chose comme ça. Je ne dirais pas qu'ils étaient amis, mais ils ont été assez proches. Jusqu'à ce qu'à ce que Bernard devienne chef des ventes. Le tutoiement s'est transformé en vouvoiement, il fallait ce qu'il fallait, il y a des conventions à respecter, une autorité et un respect à imposer. Je n'ai jamais eu vraiment d'estime pour lui, et son licenciement me touche plus que je n'aurais imaginé. Il a pris ses affaires, vidé son bureau sans regarder personne. Il n'y a pas de pot de départ pour les licenciés, on ne lui offrira pas de vélo et on ne lui rappellera pas tout ce qu'il a apporté à l'entreprise. Je n'avais pas réellement d'estime pour lui, mais c'était le seul qui n'avait pas peur de me regarder. Il entrait, me racontait deux ou trois blagues souvent bien grasses et repartait en me donnant une tape sur l'épaule. Il lui est même arrivé de me faire la bise, pour me souhaiter une bonne année, une bonne santé, un bon anniversaire... Bernard était un excellent souhaiteur. Il sautait sur toute occasion lui permettant d'entrer dans mon bureau, avec une bouteille et deux verres. Nous avons trinqué ensemble, j'ai souri à ses plaisanteries sans parvenir à lui pardonner d'avoir obligé mon grand-père à le vouvoyer après sa promotion. Je n'ai jamais pu oublier le regard de Pierre-Jean passant de l'amusement à l'humiliation lorsqu'il a compris qu'il ne s'agissait pas d'une blague. Nous déjeunions tous les trois pour fêter la promotion de Bernard.

Il a apporté ses affaires dans sa voiture et est remonté. Il est entré dans mon bureau, s'est assis à côté de moi sans rien dire. Plusieurs minutes sont passées, silencieuses. Je me suis arrêté de travailler et l'ai observé. Il était abattu mais gardait les yeux secs. Il les maintenait dans le vague. Il m'a simplement dit qu'il était content de m'avoir fait entrer dans la boîte. Qu'il aimait beaucoup Pierre-Jean. Il a commencé une autre phrase, mais s'est levé et est parti. Je suis resté seul. J'ai rédigé ma lettre de démission. Il n'y aura pas de pot. Pas de vélo non plus. Plus rien ne me relie désormais à cette société. J'ai resserré mon écharpe et suis allé déposer ma lettre sur le bureau du directeur. On parlera désormais également de moi au passé. J'aurais bien pris un verre avec Bernard. Juste parce que je sais qu'à présent nous sommes revenus au tutoiement et que Pierre-Jean n'était pas rancunier. Mais il est déjà loin.

Je regarde les fenêtres de l'étage où j'ai passé tant d'années. Les ombres dansent, une bouteille est sabrée et son bouchon suit une longue courbe qui s'achève à quelques centimètres de mes chaussures. J'entends des rires et des cris. Les chapeaux pointus sont de sortie et les cotillons volent aux quatre coins de l'étage... La fête est belle et ils ont économisé le prix de deux vélos.

Le métro est rempli. Rempli de gens pressés. Pressés d'arriver et pressés les uns contre les autres. Il y en a qui sont contents, ça leur fait une présence, une bande de copains provisoire. D'autres en ont assez d'être serrés. S'ils n'en avaient pas assez d'être serrés, ils en auraient assez d'attendre. S'ils n'en avaient pas assez d'attendre, ils auraient trouvé autre chose, parce que ça donne une contenance d'en avoir assez. Alors ils jettent des regards noirs. Parce que c'est la faute des autres : ce n'est pas eux qui sont trop nombreux puisqu'ils ne sont qu'un. Ce sont les autres. Il y a beaucoup trop d'autres.

Il y en a qui aimeraient avoir juste un seul autre. Un autre à la maison, juste un, et pas tous les soirs si c'est trop compliqué à organiser. Mais un autre avec qui discuter, avec qui partager une assiette parce que la grande casserole sinon elle sert jamais.

Il y en a qui prient l'Autre. Celui à qui l'on met une majuscule. Ils joignent les mains discrètement. Il y en a aussi qui prient un Autre, avec une majuscule également, pourtant il s'agit d'un autre Autre.

Il y a les gens contents, ceux qui sourient tout seuls ou à deux. Ceux qui rient, rarement tout seuls de peur qu'on les regarde. Il y a ceux en quête d'attention, prêts à se lancer dans une conversation.

Il y a ceux qui sont perdus et qui demandent si c'est bien la ligne qui mène à la Porte de Clignancourt. Ils posent parfois la question à ceux qui se sont retrouvés sur le quai et qui ne s'étaient pas vus depuis une éternité et se demandent si ça va. En général ça va. Pas toujours, alors ils promettent de se voir parce que là ils n'ont pas trop le temps. Promis : ils vont se téléphoner, ils n'ont pas changé de numéro depuis la dernière fois.

Il y a ceux qui sont chargés de paquets. Ils ont un anniversaire à souhaiter ou alors ils se sont simplement fait plaisir. Les gens les regardent avec agacement parce que leurs paquets prennent trop de place. Pourtant ils aimeraient bien eux aussi avoir des paquets volumineux.

Il y a ceux qui ont un chien et ceux qui n'en ont pas. Ceux qui n'en ont pas se demandent s'ils mordent, s'ils peuvent les caresser et si les chiens sont autorisés dans le métro. Ils aiment bien réfléchir à cette question.

Il y a ceux qui ont un animal féroce, comme des lions ou des crocodiles. Ils ne sont pas, statistiquement, les plus nombreux.

Il y a les musiciens. Les doués et les autres. Les doués récoltent des pièces parce que c'est quand même pas mal ce qu'ils font. Les pas doués récoltent des pièces parce que tout le monde n'a pas la chance de savoir jouer correctement d'un instrument. De toute manière, il n'y a jamais beaucoup de pièces mais « merci pour la musique ».

Il y a des jongleurs tibétains. Les gens sont ravis, c'est rare.

Il y a aussi un contorsionniste et un montreur d'ours. Mais son ours n'a pas pu passer les tourniquets d'entrée... alors il a juste la laisse à qui il fait faire des tours franchement pas terribles. Certains sont tout de même impressionnés : on a beau dire, un montreur d'ours c'est quelque chose.

Il y a des musiciens en costume baroque. Ils sont ensemble mais jouent des morceaux différents. Les gens reconnaissent que les tenues sont particulièrement réussies mais ils n'aiment quand même pas : ils sont exigeants.

Il y a des contrôleurs qui contrôlent la situation sans se soucier des billets. « Tout va bien monsieur ? – Oui oui – Très bien, bon voyage. » Ils sont très polis et enlèvent leur casquette quand ils s'adressent aux dames.

Il y a un plombier qui joue avec sa ventouse. Si quelqu'un a un évier à déboucher, c'est le moment ou jamais. Mais personne n'a son évier. Il y a des jours où l'on rate le coche.

Une moufle cherche sa sœur jumelle et refuse obstinément l'aide d'une mitaine également orpheline. Elle a peur de la différence.

Un petit air mélodique cherche une oreille qui pourrait le retenir. Le guitariste tente de l'attraper mais il est trop court et l'air se précipite hors du métro pour trouver une maison de disque. C'était un air hautain, prétentieux et ambitieux. Le trompettiste console son ami en lui expliquant qu'il n'a rien perdu. Les contrôleurs lui offrent des bonbons et le plombier propose de déboucher la trompette, histoire de ne pas rester sans rien faire.

Il y a Ringo Starr. Adorable et drôle. Il explique qu'il n'est peut-être pas le meilleur batteur du monde mais qu'il s'est quand même bien éclaté. Personne ne le contredit. Enfin si : une dame le contredit mais elle n'avait pas bien entendu, alors finalement elle dit qu'elle est d'accord.

Dans la rue, les gens dansent et chantent, mais en silence et sans le moindre mouvement. Art minimaliste.

La boulangère m'accueille avec un sourire complice voire triomphant : « Comme d'habitude monsieur ? » Oui. Comment a-t-elle fait pour deviner que je voulais une baguette ? Cela restera un mystère.

Je pousse la porte et pénètre dans le hall de mon immeuble. Gérard est posté à l'entrée du tunnel. Une barrière blanche et rouge est abaissée, empêchant tout passage. Droit, fier. Il a revêtu son uniforme de l'armée. Je ne sais quelle guerre a fait cet uniforme. Il me demande mes papiers. Je les lui tends sans poser de question.

« À situation exceptionnelle, mesures exceptionnelles ! » m'explique-t-il.

Il est muni d'une espèce de bras articulé qu'il passe le long de mon corps. Un sifflement aigu :

« Quoi dans les poches ? »

Je sors mes clefs ; il a l'air satisfait.

« Rien d'autre à signaler ? »

Je fais signe que non.

« Vous pouvez monter. Bonne route. »

La barrière se lève. Je m'engouffre dans le tunnel mais redescends immédiatement et demande à Gérard :

« Des nouvelles de la concierge ?

– La pauvre est toujours morte.

– Oui, ça je sais... Je voulais dire : de sa remplaçante...

– Aucune nouvelle. Il va falloir faire front, l'ami. C'est dans l'épreuve que l'on reconnaît les hommes. Et il semble que l'immeuble en soit sérieusement dépourvu. Nous ne pouvons compter que sur nous.

– C'est vous, le tunnel ?

– Non, moi c'est Gérard.

– Oui, pardon... Je voulais dire : c'est vous qui avez fait le tunnel ?

– On ne fait pas un tunnel : on le creuse, on le sécurise, on le renforce ! Mais si c'est ce que vous avez voulu dire : oui, j'en suis l'instigateur, l'ingénieur et l'ouvrier.

– Beau travail... Mais, ça n'aurait pas été plus simple de vider les ordures directement dans la rue ? Je veux dire sur le trottoir, avec les poubelles du voisinage ?

– Cela n'est pas mon travail. Il y a une concierge pour ça.

– Oui... Mais étant donné qu'elle est morte, je me disais que... Vu le temps que vous avez dû passer à faire... pardon : à creuser le tunnel, il aurait été plus simple...

– Mais la vie n'est pas simple, camarade. La vie est ce qu'elle est et il faut s'organiser, lutter, faire front. »

Il n'y a rien à en tirer, je préfère remonter. Dès que je suis à l'angle du tunnel, hors de sa vue, je lui adresse un salut militaire. J'aime bien parfois me moquer des gens, ça soulage. Mais je ne veux pas non plus prendre des risques insensés.

Chez moi tout est en ordre et le contraste est saisissant entre l'intérieur de mon appartement et le palier. J'en arriverais presque à le trouver bien rangé. Il faudrait naturellement que je fasse un tas plus net de mes vêtements, que je passe un coup d'éponge sur la table, que je jette les bouteilles vides, que je pose mes livres sur leurs étagères, que je monte pour cela des étagères, que je trie mon courrier.

Commençons par le début : je m'ouvre une bière, cette soirée dans le métro m'a épuisé. Mes vêtements viennent grossir le tas de linge tandis que je me dirige vers la douche. Dix minutes d'eau chaude, un double savonnage pour me remettre les idées en place et je pars rejoindre mes amis.

Gérard est moins regardant sur les gens qui quittent les lieux. Un salut. Un « rien à signaler ? » de rigueur, mais pas de fouille, pas de détecteur de métaux, pas de déclaration d'identité. Je me demande s'il sera là à mon retour. Je l'imagine sans souci montant la garde toute la nuit.

« La nuit est claire et fraîche, j'ai envie d'aller rejoindre mes amis et discuter politique », comme il est dit dans je ne sais plus quel film. Il y a des étoiles, la lune, les lampadaires : tout est à sa place et j'en suis soulagé.

J'aperçois la double silhouette du couple femme-chien au bout de la rue. Étonnamment, c'est le chien qui tient la dame en laisse ce soir. Elle est plus efficace que lui et fait ses besoins dans le caniveau, derrière une voiture de sport. Le chien a l'air satisfait et lui caresse gentiment la nuque. Elle aura droit à un sucre ce soir. Peut-être même aura-t-elle le droit de dormir au pied du lit.

J'entends dans le lointain l'écho des musiciens tziganes qui squattent le palier d'un autre locataire, d'un autre immeuble. Le python ne doit pas être bien loin.

Lisa est en plein service et me salue de la main. Elle ne me fait jamais la bise. Elle ne fait jamais la bise à personne. Du moins dans le bar. J'imagine que ça deviendrait vite ingérable si elle commençait à embrasser tous ceux qui entrent. Ceux qui n'y auraient pas droit se plaindraient, comme quoi eux aussi sont des clients importants, qu'il n'est pas admissible que, dans un pays qui s'est battu pour l'abolition des privilèges, certains aient droit à des bises de Lisa et pas les autres. Ils se feraient traiter de sales gauchistes, ce à quoi ils répliqueraient que ça n'est pas une question de politique, mais de principes. Lisa serait mal à l'aise, peut-être déciderait-elle, du coup, de faire des bises à tout le monde, histoire d'apaiser la foule. Elle pourrait également décider de ne plus en faire à qui que ce soit. Ce qu'elle fait actuellement donc, au final, beaucoup de bruit pour rien.

Reste la possibilité d'organiser une sorte de réunion secrète. On passerait derrière un rideau, installé à la manière d'un d'isoloir et l'on attendrait que la distribution de bises débute. On sortirait embrassés de derrière le rideau, dissimulant notre trouble aux clients non patentés. Il faudrait que je soumette ce projet de société secrète. Encore faudrait-il que Lisa l'approuve. Cela serait peut-être un peu trop cérémonieux à son goût et son humilité en prendrait un coup. Et Lisa sans son humilité, ça ne serait plus vraiment Lisa. Parce qu'elle est belle mais elle s'en excuserait presque. Alors, ne changeons rien. Un café, l'addition et un sourire, ça me va.

Il est encore tôt et je suis seul à ma table, perdu dans mes projets d'isoloir et dans mes pensées de Lisa.

Je ne sais pas ce que les gens entendent lorsqu'ils disent qu'ils ont quelqu'un dans leur vie, même si j'ai la présomption, pour l'avoir lu dans les livres ou vu dans des films, qu'il s'agit de ce que l'on appelle la vie de couple : on rentre du travail, on se donne rendez-vous pour prendre un verre, aller au restaurant, au cinéma, au vernissage d'une exposition.... Le cas échéant, on peut également se retrouver en ayant au préalable enfilé un costume près du corps, sauvé la veuve et l'orphelin. Je ne sais pas ce que cela veut vraiment dire d'être amoureux. C'est un concept somme toute assez flou. Ce que je sais, en revanche, c'est que du réveil au soir, je suis avec Lisa et j'ai bien l'impression qu'elle est dans ma vie. C'est assez agréable de se réveiller avec un sourire uniquement parce que l'on sait qu'à la fin de la journée on va retrouver quelqu'un. Depuis des années, mes journées n'ont plus qu'un seul but : la rejoindre. Cela a débuté par un geste, une inflexion de voix, peut-être un regard. Je ne sais pas à partir de quand je l'ai trouvée belle, mais je suis certain que ce n'est pas ce qui a retenu mon attention au premier abord. Cela m'a même surpris quand je l'ai réalisé : « Et en plus, elle est belle. » Il faut dire que je m'efforce de ne pas juger le monde à travers le prisme de l'apparence physique. Je ne me sens pas de légitimité pour affirmer de quelqu'un qu'il est laid. Juger le physique est un privilège de belles personnes.

Prendre conscience que Lisa était belle a provoqué chez moi un léger mouvement de panique. Pas de quoi partir en poussant des hurlements effrayés dans la rue, je suis d'une nature plus posée que cela, mais tout de même, j'ai ressenti une réelle peur de tomber amoureux. Elle était une présence, une voix, une camarade et elle devenait en plus un physique. L'équation devenait plus compliquée qu'elle ne l'était quelques heures auparavant. Le lendemain et le surlendemain je n'y suis pas retourné. Le risque était trop grand, ne perdons pas une amie pour des sentiments qui ne sont pas de mon monde. Et puis, les habitudes, Thomas et Sam... Je me suis dit que ça valait quand même le coup de revenir. Alors je suis revenu et le constat était sans appel : elle était effectivement belle. Soit. J'ai pris sur moi. Après tout, un peu de beauté ne fait jamais de mal si elle est vécue avec la distance nécessaire à une relation qui, à coup sûr, n'évoluera jamais.

Mes amis ont peut-être suivi la même démarche que moi. Je sais qu'ils la trouvent belle, qu'ils l'aiment beaucoup. Mais eux trouvent énormément de femmes belles. À les écouter, au printemps, toutes les femmes sont merveilleuses. Ils ressemblent à deux adolescents tout émoustillés lorsqu'une jolie fille rentre dans le bar. Je ne dis pas que chaque femme ne dispose pas des qualités qui lui sont propres, mais ce que je ressens pour Lisa ne se situe pas à ce niveau-là. D'ailleurs, je travaille à ressentir le moins possible : *Forbidden Planet*.

Sam arrive, le visage décomposé. Il commande un whisky. Sans café.

« Mon père est mort. »

Nous le regardons, gênés. Je cherche la meilleure manière de formuler ma question mais, encore une fois, Lisa est la plus prompte :

« Mais ton père est mort depuis plusieurs années, non ?

– Oui bien sûr, mais je ne parle pas de ce père-là. »

Il nous tend l'enveloppe à demi froissée. La lettre est à peine lisible tant l'écriture est enfantine. Les boucles sont bien pleines mais tordues et des ronds remplacent les points sur les i.

Ma petite,

Ton père est mort. Enfin, je crois. Au cas où, je l'ai fait empailler. Comme ça il sera toujours à mes côtés, bien tranquille sur son socle. Inutile de te dire que depuis ce jour, il fait beaucoup moins de sport. Mais ça lui fait du bien de rester un peu devant la télé. J'ai l'impression qu'il est heureux. La nuit je le sors, pour faire croire aux voisins qu'il y a quelqu'un dans le jardin. Ça a l'air d'assez bien marcher, mais l'autre nuit il a plu et je l'ai retrouvé tout ramolli. Je ne te raconte pas le mal que j'ai eu à lui redonner ses formes. J'ai fait au mieux d'après une photo récente ; je suis assez contente de mon travail, mais je crois bien que je devrais changer la paille. J'ai repéré les coutures, ça me paraît facile. Quand on pense au prix que pratiquent les taxidermistes… Le seul problème, c'est que j'ai dû le faire changer de position : il tombait tout le temps. Alors je l'ai assis. C'est pas mal et ça lui donne un côté pantouflard qui me manquait ces derniers temps.

Il faut que je te laisse, ma grande. J'ai de l'eau sur le feu. Je suis en train de réchauffer les poissons rouges que j'ai achetés hier. Ils sont très mignons et sont en train de jouer avec les bulles de la casserole. Tu verrais les cabrioles qu'ils font dans l'eau. De vrais enfants ! J'espère qu'ils ne vont quand même pas être trop dissipés : il est bientôt l'heure d'aller se coucher. Au fait, depuis que ton père est ramolli de la paille, j'ai pris sa place dans le jardin. Je me barbouille de boue (j'ai vu ça dans un film) et guette toute la nuit. Il y a plein de bruits bizarres mais les voisins ont l'air de se tenir à car-

reau. Quand même, au cas où, j'ai mis un piège à loups devant leur maison.
Je t'embrasse.

Thomas présente ses condoléances à Sam, tout en prenant soin de lui expliquer qu'un père empaillé c'est mieux que rien et que ça fait un bibelot relativement coquet pour orner la maison familiale. Ça doit bien habiller le salon, précise-t-il.

Mais nous n'avons pas le temps de nous appesantir sur la question, tant l'affluence est forte ce soir. Trop de monde, beaucoup trop de monde. Lisa est au four et au moulin ou, pour être plus précis, à la tisane et à la bière. Elle me fait signe de débuter sans tarder. Je ne sais quoi penser, tout cela prend des proportions qui commencent à me faire douter. Hier un micro, aujourd'hui des gradins installés dans le café, des chaises pliantes dans la rue. Des hommes, des femmes, des familles. Bien entendu, je me réjouis pour Lisa qui, même si elle n'en est pas l'instigatrice, profite directement du système en remplissant sa caisse. Son bilan annuel sera largement en hausse et je sais de quoi je parle. Comme la veille au soir, je saisis le micro que l'on me tend et démarre avant de me poser trop de questions.

Mon grand-père venait me chercher à l'école. D'une main, il portait mon cartable. Alors qu'il me paraissait d'une lourdeur accablante, il le levait comme s'il s'agissait d'un sac de plumes.

Sa main libre glissée dans la mienne, il me demandait toujours comment s'était passée ma journée. Ce à quoi je répondais systématiquement par un « bien » qui ne le satisfaisait jamais. Il me harcelait de questions, il voulait savoir ce que j'avais fait, ce que j'avais appris, si nous avions lu des poésies, si nous avions résolu des problèmes... Enfin, le genre de choses que l'on s'empresse d'oublier dès que l'on a passé la grille de l'école. Je répondais par des grognements, des hochements de tête ou des « oui » ou « non » lorsque ses questions étaient suffisamment précises.

Finalement, il lâchait : « Si tu ne fais rien à l'école, je vais devoir rencontrer le directeur, pour voir s'il est bien utile que tu continues à y aller tous les jours. » Je le regardais en souriant. À l'époque, je pensais qu'il était sérieux et je me demandais toujours quand il allait se décider à aller parler au directeur.

Je ne cessais d'imaginer mes journées sans l'école. Qu'aurais-je fait de mon temps ? En tous cas, je ne me serais jamais ennuyé. J'aurais passé mes journées avec mon grand-père. Je l'aurais accompagné dans ses tournées. J'aurais lu des livres avec lui. Surtout : je l'aurais accompagné au bistrot.

Le bistrot. Le nom me faisait rêver. Il s'agissait d'un lieu magique. Le bistrot avait l'odeur de mon grand-père. Une odeur de fumée de cigarette.

Et le bruit. Il y a toujours du bruit dans le bistrot. Celui des verres qui s'entrechoquent, celui de la porte qui tinte lorsqu'un client entre. Celui des voix et des rires. Celui plus léger des cartes que l'on abat. Celui des habitués : ceux du matin que je croisais parfois quand il n'y avait pas classe. Des ouvriers qui prenaient le dernier verre après une nuit passée à travailler. Les ouvriers du soir qui parlaient du syndicat après leurs journées de travail.

Je ne savais pas ce qu'était le syndicat, mais ça avait l'air vraiment important. Je ne savais pas ce que c'était, mais je savais que le syndicat et le patron n'étaient pas vraiment amis. D'après ce que j'avais compris, les ouvriers étaient exploités... « un peu comme des esclaves », comme me l'avait expliqué un jour l'un des clients du bistrot. Je découvrais qu'il y avait encore des esclaves, et cela me fascinait. J'imaginais les ouvriers vêtus de tuniques blanches apportant des paniers de victuailles aux patrons qui n'hésitaient pas, le cas échéant, à les fouetter. Je les imaginais massant les corps bedonnants des patrons, leur versant à boire et nettoyant leurs bureaux, rampant sur le sol en implorant leur pardon. Les usines étaient devenues pour moi un monde d'autant plus mystérieux que je n'avais jamais vu de reproduction d'esclave portant une casquette, un mégot calé au coin des lèvres.

Au bistrot, tout le monde connaissait mon grand-père. Il y allait quotidiennement. Tous ses amis étaient là, je crois. Il ne jouait pas aux cartes. Il restait accoudé au comptoir et buvait un verre en fumant une cigarette. Lorsque j'étais avec lui, j'avais le droit de prendre un jus de fruit. C'était toujours « offert par la maison ». Le bistrot était situé au pied d'un immeuble et il n'y avait pas de maison, à moins de marcher un bon quart d'heure. Le plus important était que le jus de fruit était offert. Mon grand-père n'avait pas beaucoup d'argent et je ne voulais pas risquer de lui faire payer mon jus en demandant de quelle maison il s'agissait.

Je ressentais un mélange de peur et d'espoir. Parfois, les histoires de mon grand-père nous menaient en Italie. Il n'y avait jamais mis les pieds, contrairement à ce qu'il soutenait. Il connaissait l'Italie de Calvino et de Svevo, mais également l'Italie des pizzas, des glaces et des palais romains. La culture de ceux qui ont dû se contenter de voyager à travers les images qu'ils ont attrapées ici ou là, faute de moyens.

Une histoire qu'il m'a racontée concernait la mafia. Pour moi, la mafia c'était un peu comme le syndicat. Un terme qui désignait quelque chose dont je n'arrivais pas à cerner tous les contours. Mais je savais quelque chose : la mafia protégeait les siens et n'hésitait pas à tuer les autres s'ils se mêlaient de ce qui ne les regardait pas. « C'est un peu comme une famille, ou une maison », m'avait-il expliqué.

Était-ce la mafia qui m'offrait toutes les semaines mon jus de fruit au bistrot de mon grand-père ?

Lisa me fait signe que l'heure de l'entracte est arrivée. Une petite file d'attente a déjà commencé à se former devant les toilettes. Elle en profite pour faire le tour de la salle, remettre à niveau les verres, récupérer les additions et faire tinter sa caisse. Elle est épuisée. Pour elle aussi, il serait temps que ça s'arrête, que la vie reprenne un cours normal. Celui d'avant, celui des habitués et des soirées où nous partagions notre solitude, celui où elle avait le temps de s'asseoir à nos côtés, de choisir un disque, d'écouter nos silences et de commenter les lettres de Sam. Mais, déjà, les gens reprennent leur place et le silence se fait.

Tous les matins, c'était lui qui m'amenait à l'école. Chaque fois le même chemin, les mêmes rues à moitié endormies, les mêmes bonjours. Lorsque nous approchions, nous apercevions mes premiers camarades avec leurs mères. Ils avaient tous une mère. Moi, j'avais un grand-père. Un bonjour en passant devant la boulangère, un à l'épicier, un autre à la gardienne d'un immeuble et un dernier devant le bistrot. De grands signes de la main ou un simple hochement de la tête. Parfois seulement un geste pressé. Nous étions souvent en retard.

Je détestais arriver en retard. Tous les regards sur moi. Tous ces regards qui n'y restaient jamais longtemps. Ma longue écharpe qui ne me quittait pas, été comme hiver. Qui cachait ce qu'elle pouvait et qui, par forte chaleur, produisait exactement l'effet inverse que ce qu'elle cherchait à faire. Elle me désignait. Elle attirait les yeux.

Lorsque l'on a une dizaine d'années, on ne supporte pas la différence. Surtout lorsqu'elle est laide. Mon grand-père me serrait le bras, me murmurant de temps en temps que les gens devaient se demander d'où pouvait bien provenir une si belle écharpe. Mais je n'étais pas dupe. Je savais que les yeux étaient rivés à mon visage, qu'ils essayaient d'en deviner les contours. Comme si on pouvait y parvenir en quelques secondes, alors qu'après de longs mois de contemplation, je n'avais toujours pas réussi moi-même.

Il m'est arrivé de sortir à découvert pour voir si c'était possible. J'observais mes spectateurs, ils se détournaient. Phénomène d'attraction-répulsion. C'était cela, je crois, qui me gênait le plus. Je n'avais jamais l'opportunité de lire dans les regards. Je ne pouvais que deviner. Parfois quelques brusques mouvements de la nuque trahissaient la peur ou le dégoût. Je guettais la réaction suivante, espérant ou craignant que les yeux se portent une nouvelle fois sur moi. Mais rien. Ils avaient eu leur compte.

En classe, je m'asseyais toujours au fond. La place des cancres. Évidemment, si l'on part du principe que les cancres n'ont pas envie d'être vus. C'était mon cas. Mon institutrice m'aimait bien, je pense. Elle faisait tout ce qu'elle pouvait pour me traiter comme quelqu'un de normal, me donnant la parole dès qu'elle le pouvait. C'est à peine si j'avais à lever le doigt. J'étais parmi ceux qui répondaient le plus aux questions qu'elle posait. Ce n'était pas une revanche, mais une manière de faire comprendre que j'étais un peu comme les autres. Que mon visage n'était pas le reflet de mon cerveau. Mon apparence avait été démolie, mais la destruction s'arrêtait là. C'est du moins le message que voulait faire passer l'institutrice.

La récréation était plus difficile. Il n'y avait personne pour me protéger. J'étais seul au milieu des autres enfants. Ils ne se moquaient pas de moi, mais peut-être aurais-je préféré. Ils me craignaient. Parfois, j'entendais un rire nerveux, un gloussement. Je ne faisais pas partie du cercle des élèves. Je n'avais pas d'amis. Les enfants différents sont à part. Il faut rentrer dans un moule dès le plus jeune âge. Et mon moule personnel était sacrément ébréché.

Alors j'attendais ou je jouais seul. Je n'étais pas particulièrement triste. Évidemment, j'aurais préféré m'amuser avec les autres, échanger des images ou me lancer dans de grandes parties de billes, mais je m'étais fait une raison. Et j'étais bien, seul, tranquille. Je m'asseyais sur un banc et je me reposais du regard des autres. Ils étaient occupés entre eux et ça m'arrangeait bien. Certains jours, j'en oubliais l'endroit où je me trouvais, perdu dans mon imagination. À l'automne, contemplant les feuilles qui volaient dans le vent ou au printemps, quand arrivent les premières chaleurs. Une fois ou deux, je suis même allé jusqu'à desserrer mon écharpe. Une fois ou deux, un bref cri d'effroi m'a rappelé qu'il m'était impossible de me montrer.

C'était l'école qui me renvoyait le plus le reflet de ma différence. Le reste du temps, j'évoluais dans le monde des adultes. Le monde de mon grand-père. À l'école, j'écoutais l'institutrice, j'essayais d'être un bon élève, je faisais ce que l'on attendait de moi. Et c'était tout. Bien sûr, il y avait cette boule qui me torturait le ventre tous les matins. Mais ce n'était pas une boule liée au travail, la peur de me faire interroger, de ne pas connaître une leçon. Cela, je m'en fichais bien. Je savais que de toute manière on me le passerait.

Le soir, je m'endormais en imaginant que mon visage avait cicatrisé d'un coup d'un seul. J'arrivais à l'école en courant vers mes amis. Taper dans un ballon avec eux, bavarder, échanger des images, se raconter des secrets, être près d'eux. Je priais aussi pour qu'un miracle se produise. Quelque matin, je me dirigeais vers le miroir... au cas où... Mais le miracle ne venait pas et je restais seul. Et quand le miroir s'est brisé, nous ne l'avons pas remplacé.

Je rends le micro et fais signe à mes compagnons en quittant le café que j'en resterai là. Je me sens vidé. Ce petit jeu ne m'amuse plus. J'ai besoin d'être seul, de reprendre *La Conscience de Zeno*, de contempler la mouche sur mon mur, de me souvenir ou d'oublier, mais d'être seul. Le miracle n'est jamais venu et je n'ai pas besoin d'un auditoire pour me le confirmer. Je n'ai pas besoin d'inconnus pour en parler. Je n'en ai plus besoin. Je sais que leur présence m'a encouragé à continuer, comme un artiste contraint de monter sur scène une fois que la salle est remplie. C'est Thomas qui, sans le savoir, m'a mis sur la voie : le public n'est pas le plus important, seul importe ce que l'on a à raconter. Lorsqu'il a achevé son roman, il n'a pas couru après les lecteurs – peut-être le fera-t-il un jour –, il a écrit ce qu'il a voulu écrire sans se soucier de ce que l'on pourrait en penser. Le plus important pour lui a été de parvenir au bout de son projet, de boucler la boucle. C'est ce dont j'ai pris conscience lorsque nous avons trinqué : le récit ne se justifie que s'il arrive à son terme. L'histoire peut être belle, l'auteur peut avoir du talent, s'il n'y a pas de fin, rien de ce qu'il a écrit n'existe.

J'ai commencé mon histoire pour mes amis, eux seuls ont entendu le début. La fin leur sera réservée. Elle nous appartiendra. Les autres n'ont qu'à retourner à leur télé, à leur radio, à leurs journaux et à leurs livres. Ou qu'ils continuent à venir. Après tout, si j'ai contribué à les faire sortir de chez eux et à les éloigner de leur canapé, ma cicatrice aura au moins servi à quelque chose. Lisa leur expliquera que les représentations sont terminées. Ce sera leur tour de monter sur scène, de se raconter. Et s'ils n'ont rien à raconter, ils pourront inventer. Ils le feront ensemble ou séparément, il n'y a pas de règle. À moins que Thomas ou Sam n'acceptent de prendre le relais, ils ont des histoires à raconter eux aussi. Ce serait pour Thomas l'occasion de parler de ses enfants. Vu l'âge qu'ils auraient aujourd'hui, ils ont dû vivre bien des choses.

Malgré l'heure tardive, Gérard est fidèle à son poste dans l'entrée. La barrière est baissée et je m'apprête déjà à sortir mes papiers lorsque mon regard se pose sur le sol.

« Des soldats de plomb ?

– Une armée, monsieur ! »

Il m'explique que tout seul, la situation devenait trop compliquée. Trop de choses à gérer, trop de passages. Et puis, il y a les vérifications du tunnel, des petites retouches à faire si l'on ne veut pas qu'il s'effondre. Pour impressionner les éventuels importuns, il a choisi de faire venir du renfort. Il a retrouvé chez lui ses vieux soldats de plomb. « Une reproduction d'un réalisme inouï, c'est écrit sur la boîte ! » m'expose-t-il, très fier. Il les a disposés sur le sol, en ordre de bataille. Il a hésité à les mettre dans le même ordre que pour Austerlitz... Mais l'armement ayant évolué et la cavalerie étant moins efficace qu'au début du XIXe siècle, il a finalement opté pour une formation plus classique. « Qu'ils essaient de passer ! » éructe-t-il.

Je m'accroupis, le temps de trouver quelque chose à dire pour le féliciter. « C'est vrai qu'ils sont rudement bien faits. On dirait des vrais. Avec ça dans l'entrée, on ne risque plus grand chose... » Je ne fais aucune réflexion sur les uniformes, qui semblent quelque peu datés, ni sur la peinture qui s'écaille, donnant à la troupe des allures d'armée déconfite. Il est satisfait de la réponse, mais lorsque je m'apprête à passer il ne lève pas la barrière. Ne sachant que faire, je me racle la gorge et me tourne vers lui, le regard implorant.

« Papiers. Vous ne pensez tout de même pas m'amadouer ? Et puis, j'aurais l'air de quoi devant mes troupes si je commence à transiger sur le règlement ? »

J'obtempère. Je n'ai pas le choix.

Il chausse ses lunettes et soulève ma pièce d'identité à hauteur de mon visage.

« La photo ne vous ressemble guère !

– C'était il y a presque dix ans, les cheveux blanchissent, poussent et se font couper, des rides apparaissent.

– Naturellement. Je ne peux d'ailleurs vous le reprocher, mais il faudrait penser à la réactualiser ou bien...

– Ou bien ?

– À faire un effort pour ressembler davantage à votre photo.

– Hum... ça me paraît difficile : je ne peux pas revenir en arrière.

– Entendons-nous bien, monsieur : je ne vous demande pas de rajeunir. Je dis juste qu'il serait opportun, au vu des circonstances, de faire un effort, afin que la personne figurant sur votre pièce d'identité et celle qui se trouve en face de moi aient plus de similitudes physiques que ça n'est actuellement le cas. »

J'abaisse légèrement mon écharpe afin de dissiper ses derniers doutes et de passer à autre chose.

« Algérie ? me demande-t-il.

– Non. Pour les cheveux blancs et les rides, je verrai ce que je peux faire.

– J'y compte bien. À circonstances exceptionnelles, mesures exceptionnelles. C'est ce qu'on appelle l'effort de guerre !

– Oui, je comprends... Mais nous ne sommes pas vraiment en guerre !

– La guerre est partout, monsieur. Nous nous devons d'être prêts. En quarante, nous ne l'étions pas et voyez où cela nous a menés. »

Je déglutis. En quarante nous n'étions pas prêts. Nous ne l'étions pas beaucoup plus en quarante-quatre.

Je reprends mes papiers, enjambe l'armée de plomb et me poste devant la barrière qui ne tarde pas à se lever. Gérard me salue, la main contre la tempe. Il ressemble à un soldat de cinéma comique. Au moment où la porte est sur le point de se refermer derrière moi, je lui jette un dernier coup d'œil : il tient la pose. Menton relevé, regard intelligemment perdu à une distance de cinq mètres devant lui. Le décor d'ordures donne à la scène un petit côté fin du monde qui lui va assez bien.

CHAPITRE 16

Le réveil sonne et je ne me lève pas. Le réveil sonne et je le laisse sonner. Le réveil sonne et un voisin frappe contre le mur pour que je l'éteigne. On ne plaisante pas avec les réveils, les samedis matins. Un samedi pas tout à fait comme les autres puisque le lundi ne sera pas tout à fait comme les autres. Il faudra que je me renseigne sur les préavis de démission. Il faudra que je trouve un nouvel emploi. Je pourrai poster une annonce : « comptable cherche à compter », « socle solide cherche entreprise bancale »... Mais je ne m'inquiète pas, quelle que soit la société, à un moment ou à un autre, il faut se pencher sur les chiffres.

Quoi qu'il en soit, le samedi, c'est le jour des croissants et de la revue de presse au café.

La femme au chien ne sort pas de jour. En tout cas, je ne l'ai jamais aperçue. À moins qu'elle ne change d'apparence ou que, sans chien, elle ne soit plus la même.

Sam et Lisa sont déjà là. Il y a un autre client. Le client fantôme qui parle tout seul à sa table. Les socialo-communistes lui ont tout pris. Nous l'écoutons. Il raconte qu'on a mis des somnifères dans son café, qu'il s'est endormi devant sa chaîne de montage et qu'il a été renvoyé sur-le-champ. C'est l'œuvre d'un syndicaliste. Après des mois de recherche, il a trouvé un nouvel emploi, qu'il a perdu après un nouvel endormissement à son poste de travail. Cette fois, la faute en revient à la direction du parti socialiste qui, il ne sait pas vraiment pourquoi, a décidé de lui pourrir la vie en mettant une nouvelle fois de la drogue dans son café. Naturellement, et on le comprend, il leur en veut à mort. Sa femme est d'ailleurs partie avec un Russe de passage à Paris pour un meeting marxiste.

Il est assis face à son verre de vin blanc, se balançant légèrement sur sa chaise et ouvrant de grands yeux délavés. Quelques poils de barbe épars laissent penser qu'il se balance également en se rasant. C'est un ivrogne de carte postale. Avec tous les attributs : le long nez rouge, le manteau sale et la chemise qui dépasse du pantalon d'un côté seulement. Nous le regardons discrètement. Aussi discrètement que nous le pouvons. Il ne cherche le regard de personne. Il explique, voilà tout. Il recommande un verre parce qu'il est pas mauvais ce petit blanc et que de toute manière personne ne l'attend vu que sa femme est vraiment partie avec un de ces salauds de communistes. Deux boulots en or et une femme qu'il aimait, si ça, c'est pas de l'acharnement ! Et cette conne de l'agence d'intérim qui ne veut rien lui filer alors qu'il sait les conduire ces machines. Il en a fait des chantiers, et depuis quand un homme ne peut pas conduire un petit engin sous prétexte qu'il boit un peu en sortant du travail ? Un peu avant aussi. Mais jamais pendant, parce qu'il a des principes. On a le droit de faire ce qu'on veut, non ? Il est sûr que la fille de l'agence est communiste. Tous des communistes. Y compris le chien qui aboie toute la nuit chez la voisine du troisième : un communiste. Un salaud de communiste ! Même les chiens ont leur carte au parti ! S'il ne dort pas la nuit, c'est à cause de lui. « Un chien rouge, vous le croyez ça ?!? »

Lisa lui demande de parler un tout petit moins fort. « Communiste ! » lui hurle-t-il au visage avant de jeter quelques pièces sur la table. Le compte n'y est pas.

Thomas arrive sans croissant mais avec un petit chat.

« Le petit chat est vivant ! » s'exclame-t-il

Nous nous regardons. Bref silence. Puis Lisa sort la tête de derrière le comptoir :

« Version messianique de *L'École des femmes* ? »

Sam la regarde, perplexe.

« Oui, dans *L'École des femmes*, Agnès dit à Arnolphe : “le petit chat est mort”, explique Lisa.

– Pourquoi elle lui dit ça ?

– Tu n'as jamais étudié Molière à l'école ?

– Si, *Don Juan* : “Je crois que deux et deux sont quatre.”

– Oui, mais aucun rapport avec les chats...

– Mais plus facile à caser dans une conversation.

– Tu le cases souvent ?

– Jamais.

– Bon, ça fera au moins une fois...

– Je ne sais toujours pas pourquoi elle dit que le petit chat est mort. Elle avait un chat, Agnès ?

– Désolé de vous interrompre, intervient Thomas, mais moi je disais juste que le petit chat était vivant.

– Mais avant, il était mort ? demande Sam.

– Euh... non, il a toujours été vivant... du moins à partir de sa naissance.

– Dans le ventre de sa mère, il n'était pas considéré comme vivant ?

– Je ne sais pas trop, je crois qu'il y a une date... La vie est censée débuter à partir d'un certain nombre de mois dans le ventre. En tout cas, pour les femmes.

– Pas pour les chats ?

– Aucune idée de la législation sur l'avortement des chats.

– Les chats ne se sont pas assez battus pour leurs droits.

– Au contraire, ils sont libres d'avorter quand bon leur semble !

– Ils ne sont pas vraiment libres : ce sont leurs maîtres qui décident. T'as déjà vu une chatte demander à interrompre sa grossesse parce que sa situation familiale est déjà bien assez compliquée ?

– On parle de grossesse pour les animaux ?

– Pourquoi pas ?

– On ne dit pas qu'ils accouchent : on dit qu'ils mettent bas... Alors peut-être qu'il y a un mot ou une expression pour parler de la grossesse...

– Gestation, peut-être ? »

Sentant que la conversation est en train de lui échapper, Thomas pose le chaton sur les journaux étalés sur la table. Il explique qu'il vient de le trouver. Dans la rue.

Habituellement, il ne recueille pas les animaux errants, mais là, il s'est dit que ce chaton était tout de même « fort mignon ». Il a regardé à droite à gauche : il n'y avait personne. Il pensait le donner à une vieille dame, parce que les vieilles dames aiment bien les chats. C'est d'ailleurs pour cette raison que lorsque les facteurs vendent leurs calendriers, il y en a toujours avec des chats qui tirent la langue. Le chat de Thomas ne tire pas la langue et ça ne sera pas facile de lui trouver une vieille. Le problème avec les animaux, c'est qu'ils ne font jamais exactement ce que l'on attend d'eux. Il peut toujours essayer de trouver une étudiante. Le genre d'étudiante venue de province sans ami à Paris : un chat, ça fait de la compagnie et c'est plus indépendant qu'un chien. S'il faut certes changer la litière régulièrement, on ne sort pas un chat comme un chien. Seul problème : les poils. Ils en mettent partout à un point que ça en est assez énervant. En quelques minutes, le manteau de Thomas en est déjà constellé. Il le frotte compulsivement, pour finir par retirer les poils un par un du bout des doigts, laissant le chat courir entre les tables. Quand il a l'air enfin satisfait du résultat, il reprend l'animal dans ses bras et nous salue de sa main libre. Nous n'aurons pas de croissant.

Parti à la recherche d'une personne susceptible d'accueillir un chat qui perd ses poils et ne tire pas la langue.

Il y aurait bien la petite vieille toute gentille qui habite au coin de la rue. Elle s'ennuie chez elle, toute seule. Elle ne sort que le week-end. Durant la semaine, elle écoute la radio et fait des mots croisés. Elle a une toute petite voix de toute petite vieille, et nous devons tendre l'oreille et nous pencher vers elle pour l'entendre. Elle connaît tout de la vie du quartier. Nous n'avons rien à faire de la vie du quartier. Elle vit le jour. Nous préférons la nuit. Elle n'écoute que du classique. Nous écoutons les Beatles. Elle parle, parle, parle. Nous écoutons, écoutons, écoutons tant que nous pouvons, pouvons, pouvons, bénissant ses petites habitudes qui font qu'elle ne vient que le samedi.

Et Thomas revient avec elle quelques minutes après et toujours sans croissant. Ils s'installent ensemble à une table et commandent deux thés.

« Ce qu'il vous faudrait, c'est un chat.
– Un chat ?
– Oui, un petit chat. C'est bien ça, les chats.
– Oui... peut-être... »

Thomas a ferré sa proie. Il ouvre son manteau et en sort le chaton. Nous ne nous étions même pas aperçus de sa présence.

« Si vous voulez, il est à vous.
– C'est très gentil... mais...
– Mais quoi ?
– Ben... je voudrais pas paraître trop exigeante mais... Il tire pas la langue ?
– Si. Mais pas là... C'est un chat modéré dans le tirage de langue. Il ne fait ça que dans le privé.
– Ooh, il est bien élevé !
– Voilà, c'est ça. »

Thomas lui met la bête dans les mains. La vieille est ravie et sourit de toutes ses dents en un bel hommage à sa mutuelle qui, manifestement, rembourse particulièrement bien les frais dentaires.

Le chat casé, Thomas revient à notre table au moment où je commence à raconter mes soucis de concierge, d'ordures et de tunnel. Ils n'en croient par leurs oreilles et soupçonnent qu'il s'agit de l'une des histoires de mon grand-père. « Tu es sûr qu'il n'est pas creusé dans une carrière de nouilles, ton tunnel ? » Je jure, me justifie, ajoute ce qu'il faut de détails pour être convaincant, en prenant garde de ne pas trop en dire et de paraître suspect. Ils restent dubitatifs. Je leur promets une nouvelle fois que c'est la vérité et leur propose de venir s'en assurer eux-mêmes. Rendez-vous est fixé au lendemain soir. On sera dimanche et le café sera fermé. Occasion idéale.

Je préviens Gérard que j'aurai des invités. Je ne tiens pas à ce qu'il les refoule avant qu'ils aient pu voir le tunnel. Cette histoire ne lui plaît guère. Il me demande s'ils sont bien français, s'ils sont en règle, s'ils ont bien tous leurs papiers, s'ils n'ont pas récemment voyagé en pays ennemi, s'ils n'ont pas contracté de maladie dans quelque contrée tropicale, s'il n'y a pas parmi eux des couples illégitimes, si les hommes ne sont pas des déserteurs, s'ils n'ont pas de problèmes de boisson-quoique-boire-un-petit-coup-entre-deux-batailles-ne-fait-jamais-de-mal, si, si, si… Je le rassure du mieux que je peux et pense y parvenir assez bien au prix d'un grand discours patriotique et d'une bouteille de cognac-à-boire-entre-deux-batailles.

Je m'installe avec *La Conscience de Zeno* dans mon vieux fauteuil, une cigarette à la bouche et le cendrier posé sur l'accoudoir. Je n'ai pas de miroir chez moi. Il ne m'est jamais venu à l'idée d'en avoir. J'ai appris à me raser sans, j'ai appris à m'habiller sans, j'ai appris à vivre sans. Ce soir, j'aurais aimé en avoir un. Un grand sur le mur en face de moi, ce mur où la mouche n'a pas daigné m'offrir le moindre pas de danse. Un grand miroir pour voir si je ressemble à mon grand-père lorsqu'il était là, assis dans ce même fauteuil avec ce même cendrier à lire ce même livre. Je suis à peine plus petit que lui et mes cheveux n'ont pas encore trop blanchis. En fermant les yeux je distingue son visage, sa silhouette et le panache de fumée qui s'échappe de son visage, ne parvenant pas à le troubler complètement. À vrai dire, je connais son visage mieux que le mien et je suis incapable de savoir si je lui ressemble.

CHAPITRE
17

Le moment approche. Celui où je dois affronter mes démons. J'ai eu beau tourner autour du pot, je sens désormais leur souffle sur ma cicatrice et j'ai atteint un point de non retour. Svevo fait dire à son héros : « La vie n'est ni belle ni laide, je trouve plutôt qu'elle est originale ». La mienne a commencé dans la laideur, mais Pierre-Jean s'est efforcé de m'en montrer la beauté et l'originalité. C'est pourtant de cette laideur que je dois aujourd'hui m'affranchir. Je ne suis pas Zeno, je ne me cache pas derrière des maladies imaginaires, je me suis perdu tout seul parce qu'une partie de moi l'a désiré, parce que c'est de cette manière que j'ai été élevé. Si j'abaisse aujourd'hui mon bouclier, il y a fort à parier que j'en prenne plein la figure. De ces souvenirs trop longtemps enfouis mais qui n'ont eu de cesse de rôder quelque part autour de moi. Je ne suis pas Zeno, je n'ai pas fait l'expérience de la psychanalyse. « Au début d'une séance, dit-il, on a l'impression d'entrer dans un bois où l'on ne sait trop si on tombera sur un ami ou un brigand. » Je sais que de mon côté, ce ne sont pas des amis que je vais retrouver.

J'ai peur. Je suis mort de trouille. Drôle d'impression que celle de partir au combat quand on est son propre adversaire. Je m'ouvre une bouteille de whisky pour me donner du cœur à l'ouvrage. Ce n'est peut-être pas ma meilleure arme, mais à la guerre comme à la guerre. Je ne sais pas encore comment je vais m'y prendre. Je n'ai pas de méthode. Ou plutôt si, je n'ai qu'une méthode : celle qu'a appliquée consciencieusement Pierre-Jean tout au long de sa vie. Ne pas s'encombrer de la réalité, transformer son présent pour oublier son passé. Il m'avait expliqué que si j'estimais que le monde n'était pas assez beau et que je n'étais pas en mesure de le changer, personne ne pourrait jamais m'empêcher de l'imaginer tel que je voudrais qu'il soit. Ce n'était pas un naïf, il savait que la route était difficile et il appliquait ses préceptes au pied de la lettre. Je me souviens d'un jour où nous étions allés chez un médecin. Nous marchions dans des quartiers sombres alors que le soleil n'avait pas encore pris la peine de se lever et qu'il s'était fait remplacer par une bruine incessante. Je n'étais déjà plus un enfant et je savais que ce rendez-vous l'angoissait. Après de longues minutes de silence, il s'était mis à me raconter ce qu'il voyait, transformant les immeubles en montagnes, les feux rouges en gardes armés, les passages protégés en passerelles branlantes, les trottoirs en chemins où mille dangers nous guettaient. Il ne cherchait pas à me divertir, mais simplement à s'oublier le temps du trajet. À mesure qu'il s'approchait de son diagnostic, il transformait son décor pour mieux s'y perdre.

Aujourd'hui encore je ne sais si pas c'est la meilleure solution, mais c'est la seule que je connais. Je ne vais pas chez le médecin, je ne redoute pas de diagnostic, mais je dois m'enfoncer dans le bois pour y retrouver ces vieux brigands que je me suis efforcé d'oublier. Et pour m'y frotter, je vais le faire à la manière de Pierre-Jean. Bousculer la réalité, transformer le décor, ne pas m'embarrasser de crédibilité, ce sale concept bourgeois qu'il abhorrait tant. Et si je dois y mettre le paquet, je le ferai.

Il est vingt heures quand je les retrouve devant le café. Nous brisons une espèce de convention car, jusqu'à présent, nous nous réunissions toujours autour de la même table, dans la même salle. Cela nous étonne un peu de nous voir en dehors. Le rideau métallique est tiré, la rue est déserte, un chien aboie. Lisa porte un manteau léger. Je ne la vois jamais en manteau, même léger. On dirait presque une inconnue sans ce comptoir qui nous sépare. Je marque un temps d'arrêt, je ne sais pas si, en dehors, je dois lui faire la bise ou lui serrer la main. Dans le doute, je me contente d'un salut lointain que je regrette immédiatement. C'était l'occasion et je ne l'ai pas saisie. Peut-être que Sam et Thomas l'ont saisie, eux.

Quelques mots rapides échangés. Nous ne savons pas trop comment nous comporter. Je parle surtout pour moi : Thomas est comme d'habitude, les mains enfoncées dans son manteau, Sam est perdu dans ses pensées, à moitié avec nous. Lisa sautille imperceptiblement, pour se réchauffer sans doute. Lorsque nous nous mettons en marche, elle paraît glisser sur le bitume. Je n'avais jamais remarqué sa démarche. Une question de rythme entre le roulement de ses épaules, le balancement de ses bras et les battements de ses jambes. Je la regarde du coin de l'œil.

Nous arrivons dans ma rue. Le ciel est sombre et bas. Nous nous arrêtons net.

Des hommes et des femmes sont debout de chaque côté du trottoir, formant une haie d'honneur. Tout au bout, au niveau de la porte de mon immeuble, Gérard se tient au garde à vous. Mes amis hésitent à avancer. Je les précède, leur indiquant par un hochement de tête qu'ils n'ont rien à craindre.

Gérard s'avance à notre rencontre. Il nous explique que, encore une fois, il a dû renforcer le service d'ordre. Un de ses amis a entendu parler allemand dans le métro. Et on sait ce dont ils sont capables.

« Et les soldats de plomb ? » je lui demande.

Son visage se tord, se tourne vers le ciel sans parvenir à empêcher une larme de rouler sur sa joue.

« Il y a eu un drame.

– Que s'est-il passé ?

– Le locataire du quatrième. Il est descendu en courant. Pourtant il était en avance sur son horaire habituel. Je n'ai pas eu le temps de sonner la retraite. Il a écrasé une demi-garnison. Une vraie boucherie.

– Des survivants ?

– Très peu. Et le moral est au plus bas. Pensez-vous, une semaine de siège totalement inactif et en remerciement pour service rendu, ils se font écraser comme de vulgaires merdes. C'est dégueulasse !

–...

– Excusez-moi. Il n'est pas dans mes habitudes d'utiliser un tel vocabulaire. Mais mes hommes valaient mieux que ça.

– Ne vous excusez pas, c'est bien naturel... Mais ces gens-là... Ils vont rester longtemps ?

– Aussi longtemps que la situation l'exigera.

– Ah.

– Vous pourrez rentrer chez vous dès que j'aurai procédé aux vérifications d'usage. »

Nous sortons donc nos papiers les uns après les autres. Il s'attarde plus longuement sur Thomas, lui demandant si, vu son âge il a fait la guerre et si, éventuellement, il se sentirait prêt à rejoindre sa milice. Thomas décline l'offre, jouant le jeu mais prétextant un problème de hanche et de poignet qui l'empêche de courir ou de tenir une arme. Gérard est déçu mais compréhensif, expliquant que son propre frère avait les pieds plats.

Les photos correspondent aux visages, même si Gérard ne goûte guère au changement de coiffure de Lisa, à qui il signifie qu'il faudrait éviter trop de modifications physiques qui perturbent les services de sécurité citadins. Je tente d'apercevoir la photographie d'identité car, depuis que je la connais, je ne me souviens pas avoir noté un changement de coiffure. J'aimerais bien la voir. Comme ça, juste pour la trouver belle différemment.

Gérard nous tourne le dos et fait signe aux deux rangées de « gardes » que tout est en règle, monte sur une caisse de vin et s'écrie : « Ceux qui s'apprêtent à entrer en ces lieux sont nos amis ! » Un cor de chasse retentit, accompagné de quelques trombones à coulisse. Lisa sursaute, Thomas me lance un regard interrogatif. Je reste stoïque : rien d'anormal pour l'instant. Deux femmes vêtues de tuniques blanches s'avancent et exécutent une danse orientale. Un enfant leur tourne autour, lâchant des pétales de roses. Les cuivres poursuivent leur musique assourdissante, qui n'a absolument aucun rapport avec les gestes des deux danseuses. Un vieil homme en tenue de chasse s'avance, sort un pigeon de sa besace, lui fait prendre son envol. La scène est assez belle. L'oiseau hésite un instant, perd quelques plumes qui descendent vers le sol en tournoyant et décide finalement qu'il sera mieux au plein air parisien qu'au fond du sac du vieil homme, coincé entre une tabatière et un sandwich jambon beurre ; il prend donc son envol et manifeste sa joie en vidant ses intestins, brisant quelque peu le charme du tableau. Le chasseur lève alors son fusil, épaule, vise et tire. Le *bang* résonne contre les murs de la rue. Un bouquet de plumes sanglant descend du ciel dans un murmure d'approbation générale. L'enfant court dans sa direction pour l'attraper au vol, mais l'animal n'est plus que bouillie et il ne peut en récupérer qu'une partie. Il est désappointé mais s'en remet vite : il n'avait plus de pétale et se résout à envoyer quelques miettes de pigeon sur les voiles des danseuses. Celles-ci apprécient, souriant béatement tandis que leurs tuniques se mouchettent de rouge. L'une d'elle éternue lorsqu'une plume vient se poser sur sa lèvre supérieure.

Les visages se lèvent : un trapéziste attache une corde à la rambarde d'une fenêtre au troisième étage. Il talque ses mains, souffle dedans, faisant apparaître un petit nuage blanc qui stagne quelques secondes avant de disparaître dans l'air de la rue. Le trapéziste se prépare, se concentre, s'apprête à se lancer. Le silence se fait, des gouttes de transpiration naissent sur les fronts, les corsages s'humidifient au niveau des aisselles. Des dents claquent, un bridge lâche, un plombage explose, un dentier est avalé, une cardiaque décède par étouffement, un cortège funèbre est organisé à la hâte, le traiteur ne devrait plus tarder. Le trapéziste avance un bras. Avance une jambe. Avance l'autre bras. Il n'est plus retenu à l'immeuble que par un pied. Il commence son numéro.

Éclat de voix général : il vole littéralement. Décrit une courbe lente et majestueuse entre les immeubles qui se font face. Des murmures, des soupirs, des pâmoisons. Les trombones à coulisse cèdent leur place à des flûtes traversières, le cor à un clavecin, l'hiver au printemps. Le trapéziste sourit gracieusement, les yeux fermés. Lorsqu'il les ouvre de nouveau, c'est pour voir la façade de l'immeuble se rapprocher. Tout est prévu, le peuple est confiant. Le trapéziste sourit toujours. Le mur est à quelques mètres, il sourit encore. Un bruit sourd. Une trace rouge sur la façade au niveau du troisième étage. Un peu en dessous, pour être exact. L'homme reste collé. Il sourit encore bien qu'il peine à y mettre toute sa conviction, toutes ses dents. Les spectateurs attendent la suite de ce numéro qui donne pourtant l'impression de ne pas être en mesure de se prolonger. L'homme tente quelques gestes pour sortir de là, mais il est bel et bien collé et rien n'y fait. *Bang*. Toujours souriant, son corps chancelle, bascule vers l'arrière et finit par se détacher du mur. Comme une brique, il vient s'écraser au sol. Sous la moustache du chasseur, ses lèvres dissipent le nuage de fumée du canon de son arme. Hourra général. C'est pas tous les jours qu'on dégomme un pigeon et un trapéziste. Du coup, le chasseur se sent des envies de tirer sur tout ce qui bouge : un canard boiteux mais néanmoins sauvage, une chanteuse québécoise, un ours en peluche, une boîte de conserve, une diligence, une banque, un lépreux, Blanche-Neige et trois de ses nains, une pastèque, le rêve d'une jeune fille (son prince ne viendra plus, cela ne fait à présent plus aucun doute), une tour de verre, un verre à pied, un pied de cochon. Marie-Madeleine n'a qu'à bien se tenir, Marie-Madelon fait le dos rond.

Lisa, Sam et Thomas font preuve d'une certaine fébrilité.

Je leur fais signe de me suivre mais ils sont sur la réserve. La haie d'honneur du début a cédé la place à un chaos total où une chatte ne retrouverait pas ses petits. C'est d'ailleurs à peu près ce qui se passe : une vieille dame vêtue d'un manteau de fourrure est à quatre pattes et glapit des « petits, petits, petits ». Lisa se penche pour lui demander si elle a besoin d'aide et jette un regard horrifié à quatre petits renardeaux pelés. La vieille lui explique : « J'ai fait moi-même ce manteau, mais à présent, j'ai peur que ces adorables petites bêtes prennent froid. »

Nous avançons au ralenti, manquant de glisser à chaque pas sur les confettis et les morceaux de pigeon et de trapéziste laissés sur le sol. Deux gardes en uniforme napoléonien se tiennent de chaque côté de la porte. Gérard leur fait signe de nous laisser passer. Il y a la petite fille qui chante sa chanson. Elle a délaissé son trampoline pour une corde à sauter. Lisa me regarde, étonnée. Je lui lance un clin d'œil que je récupère aussitôt.

Mes compagnons sont à présent à l'entrée du tunnel. La barrière est levée. Ils sont subjugués. Gérard, qui nous a suivis, s'empresse de nous tendre une plaquette touristique et nous explique, que, si nous le désirons, il y a un photographe qui peut immortaliser notre venue ici. Les clichés sont vendus à la descente pour la modique somme de vingt francs. Je le remercie poliment, lui rappelant que je suis locataire et que je dispose moi-même d'un appareil photo.

Les marches craquent et les lumières clignotent. Gérard a ajouté une série de haut-parleurs qui diffusent des pépiements d'oiseaux. « Pour tromper l'ennemi », nous explique-t-il. « Les oiseaux ne chantent pas là où les obus tombent. » La montée n'en est que plus agréable. Nos escaladons l'escalier le dos courbé.

Le tunnel a produit l'effet escompté. Lisa ouvre de grands yeux ronds. Thomas et Sam n'ont pas prononcé une parole depuis au moins dix minutes ce qui, pour le premier, est tout à fait inhabituel. Un chat se gratte l'arrière de l'oreille. Gérard rote au rez-de-chaussée. Une chaussure de trapéziste retombe sur le sol après avoir caressé du talon le sommet d'un nuage.

C'est la première fois que j'ai des invités.

Comme un artiste sur le point de monter sur scène, comme un écrivain prêt à faire lire son manuscrit ou, plutôt, comme un adolescent invitant son amie à entrer dans sa chambre, je suis pris d'une espèce de trac. C'est chez moi, c'est chez Pierre-Jean, personne d'autre n'y est entré depuis plus de trente ans. J'invite mes amis à s'asseoir sur les marches. Après tout, rien ne presse.

Le trajet en train m'avait paru durer une éternité.

Je ne me souviens pas exactement de notre arrivée à Paris. Je me rappelle la douleur que je ressentais au niveau du visage. Je me rappelle que je ne discernais rien entre les bandelettes qui me protégeaient et que mon grand-père devait me décrire tout ce qu'il voyait. Il était surexcité à l'idée de revenir sur les lieux où il avait rencontré ma grand-mère.

Nous étions arrivés par la gare d'Austerlitz, je crois. Il y avait beaucoup de monde et beaucoup de cris. Les gens se retrouvaient. La guerre était finie depuis peu. C'était comme une grande fête. Je me souviens du son de l'accordéon, de l'odeur de marrons chauds que l'on grillait et des rires féminins. C'était tout à fait l'idée que je me faisais de Paris : du monde partout, des femmes élégantes à grands chapeaux, des hommes en costumes, d'autres en casquettes. Des sifflets, des cris, des hourras et quelques pleurs. Des marchands ambulants qui vantaient leur camelote. Le paradis des sons, la décadence des bruits.

Pierre-Jean commentait tout : les couleurs, les voitures, les gens, ne négligeant aucun détail. À vrai dire, je crois qu'il était plus excité que moi. Ce voyage, nous en avions à peine parlé. Nous étions partis comme ça, un matin, avec deux valises. Une grosse pour mon grand-père et une plus petite pour moi. Toutes deux étaient légères. Nous n'avions presque rien récupéré.

Il était venu me voir dans ma chambre et m'avait montré deux billets de train : « À nous la capitale », m'avait-il dit dans un sourire que je devinais à sa voix. Je me souviens qu'il faisait encore chaud, mais je ne saurais donner la date exacte du départ.

Nous nous sommes dirigés vers un hôtel que mon grand-père avait réservé. Nous y avons passé une semaine, le temps de trouver un appartement. Une semaine de promenades. Une semaine du Paris des cartes postales : Notre-Dame, les quais et les bouquinistes, le Sacré-Cœur, les peintres de la place du Tertre. Pierre-Jean était tellement sous le charme qu'il oubliait parfois de me tenir la main.

Je me rappelle cet après-midi passé sur les bords du canal Saint-Martin où il s'attardait sur chaque passerelle pour retrouver celle d'Arletty.

C'est dans ce décor de film qu'il a vraiment repris goût à la vie. Il riait à longueur de journée. Comme si pour lui la page était tournée, qu'une nouvelle vie commençait.

Et nous avons visité des appartements. Pas le premier jour, ni le deuxième, ni le troisième. Mais il a fallu s'y résoudre. Nous avons trouvé à la cinquième visite. Nous n'avions pas beaucoup d'argent alors nous nous sommes rabattus sur un tout petit logement. C'était chez nous. Un chez nous tapissé de fleurs, un chez nous de vieille dame. Un chez nous avec une pièce de plus que nécessaire. De quoi entasser pas mal d'objets, de quoi abriter un vieil évier et un poisson rouge.

Tandis que je cherche la clef au fond de ma poche, mes compagnons se penchent par-dessus la rambarde pour essayer de discerner jusqu'à quel niveau montent les ordures. Ils ont la main collée à leur visage pour se protéger de l'odeur à laquelle j'ai fini par m'habituer. Selon les jours, les nuances évoluent. J'ai ainsi pu constater que la tradition du poisson le vendredi était assez bien respectée dans mon immeuble.

Nous voilà à l'intérieur. Ils me suivent, toujours en silence. « Café ? » Je sors une bouteille de whisky et en verse quatre verres pleins. Nous sommes debout dans la pièce qui me sert de salon, de salle à manger et d'un peu de tout. Ils scrutent chaque objet, chaque photographie épinglée au mur. Lisa, surtout, paraît fascinée par ma collection. Sam et Thomas regardent attentivement, sceptiques.

Des ruines. Des photographies de maisons détruites, des images floues, en noir et blanc. Une gazinière brûlée. Une voiture carbonisée. Des rues désertes.

La porte de la pièce du fond est ouverte. Mes écharpes y ont regagné leur place, soigneusement pliées et empilées, comme les différentes strates de ma vie. Je ne me souviens pas les avoir retrouvées. Je ne me souviens pas les avoir rangées. Et je ne me souviens pas avoir jeté les cages qui les enfermaient il y a encore quelques jours.

Le bruit d'un oiseau qui cogne à la fenêtre nous fait sursauter. Je n'aime pas que les oiseaux frappent à la fenêtre : dans ma famille, c'est comme ça que la mort s'annonce. On a les signes que l'on peut. L'oiseau est grand, multicolore. Je ne l'ai jamais vu. On dirait un oiseau d'Amérique latine, comme on en trouve dans les livres de Gabriel García Márquez. Je lui ouvre. Il en a sans doute assez du tumulte de l'extérieur, assez du chasseur qui tire sur tout ce qui bouge, il en a sans doute assez du métro et des vendeurs de journaux. Je sors un cinquième verre, il n'y a pas de raison qu'il ne participe pas lui aussi à notre petite soirée. D'ailleurs, il ne rechigne pas lorsque je lui tends son whisky.

Nous nous asseyons enfin et, après avoir trinqué, trempons nos lèvres dans nos verres. Thomas inspire, il adore ce whisky, il est d'ailleurs le seul à vraiment s'y connaître et je l'ai choisi pour lui. Les cigarettes sont allumées. L'oiseau décline l'offre de Sam : il vient tout juste d'arrêter, pas bon pour le souffle, ni pour le vol en altitude.

Des éclats de voix nous parviennent de la rue. Un ballon rebondit. Je me penche à la fenêtre. La milice de Gérard se livre à un match de foot. À vue de nez, tous les coups sont permis et les armes blanches autorisées. Une belle partie néanmoins où la règle du hors-jeu est appliquée de manière très aléatoire. Beaucoup de buts, quelques actions bien construites. Si le chasseur ne continuait pas à faire preuve d'un excès de zèle, il y a fort à parier que l'on se dirigerait vers un score fleuve. Des gradins ont été montés à la hâte et le public se régale du spectacle. Quelques échauffourées sont à noter, mais l'ambiance reste bon enfant. Des drapeaux s'agitent, rapidement confisqués par Gérard, qui ne tolère que les trois couleurs de la République.

Mes amis m'ont rejoint et nous fumons à la fenêtre, profitant du spectacle quelques minutes, jusqu'à ce que le chasseur décide d'y mettre un terme en crevant le ballon d'un tir bien ajusté. L'homme est fier, l'homme est droit, l'homme a visé juste. Nous reprenons nos places. L'oiseau ne fait aucun commentaire. Par la fenêtre, on entend encore le bruit des gradins qui se vident lentement.

Avant que le silence ne s'installe, je me penche vers ma chaîne hi-fi et y mets le premier disque blanc des Beatles. Je vise avec le bras du tourne-disque de manière à entendre directement *Dear Prudence*. Dès les premières notes de guitare, le visage de Lisa se détend. Elle me regarde et sourit, enfin. Nous l'écoutons tous, quasi religieusement. Il y a des chansons qu'il serait sacrilège d'interrompre. Et puis, nous ne sommes pas pressés, la nuit est longue et la lenteur ne m'effraie pas.

Je ne sais combien de temps j'ai passé à l'hôpital. Plusieurs semaines, peut-être deux mois. Ce dont je me souviens, ce sont les longues nuits passées à attendre que la douleur s'en aille. Les matins où, soulagé, j'entendais le pas des infirmières qui venaient m'apaiser.

Je n'ai pas de souvenirs de mon arrivée, ni même des premiers jours que j'y ai passés. Un matin je me suis réveillé. Je n'y voyais rien. Ce sont d'abord des sons qui me sont parvenus. Des sons étouffés. Impossible de bouger. Tout mon corps était endolori. Ma tête était si chaude. Pas comme lorsque l'on a de la fièvre. Plus comme lorsque l'on sort un plat du four. Une chaleur très vive qui ne disparaissait pas.

Je me suis réveillé et rendormi plusieurs fois. J'étais si fatigué que je n'avais pas la force d'avoir peur. Je ne savais pas où j'étais ni avec qui, jusqu'à ce que j'entende la voix de mon grand-père. Il parlait à une dame. Ils avaient l'air triste mais je ne parvenais pas à leur demander pourquoi. Je me suis rendormi aussitôt.

Du temps est passé et je suis parvenu à voir un peu de lumière à travers un voile. J'ai pu approcher les mains de mon visage. Il était recouvert d'un pansement. Peut-être que mes mains aussi. Le contact était bizarre. Doux et bizarre... Difficile à expliquer.

Quand on s'est rendu compte que j'étais réveillé, on m'a mis un petit tuyau dans la bouche. Un liquide sucré y a coulé. Ce n'était pas très bon mais je n'avais pas la force de résister, alors j'ai avalé, comme une oie que l'on gave. La commissure de mes lèvres me faisait horriblement mal et j'aurais souhaité que le tuyau soit plus petit encore.

J'ai passé ainsi de longues journées où je ne voyais rien et entendais à peu près tout. Mon grand-père m'avait expliqué ce qui s'était passé, sans trop insister. Les bandages allaient rester sur mon visage encore quelque temps et après je sortirais tout neuf. C'est ce qu'il me disait à ce moment-là.

J'avais des bandages partout. Sur le torse, sur le visage bien sûr, mais aussi sur le sommet du crâne et les avant-bras. On me les enlevait tous les matins pour m'appliquer une tonne de produits. Juste avant, on me faisait une piqûre pour que ça fasse moins mal. L'infirmière était très gentille, elle n'arrêtait pas de me parler tout en faisant son travail. Je ne sentais plus grand chose et j'avais l'impression d'être très léger. En fait, j'aimais bien ces moments, d'autant que l'infirmière disait que j'étais un petit garçon très courageux. J'aimais bien qu'elle dise ça, mais ce que je préférais c'était quand elle le disait à mon grand-père lorsqu'il rentrait dans la pièce après qu'on m'ait refait les bandages. Il se raclait la gorge. Je le sentais tout proche. Plus d'une fois, il a voulu me passer la main dans les cheveux, mais il ne rencontrait que des pansements qu'il se contentait d'effleurer.

Tout le monde était gentil avec moi, mais les médecins avaient peu de temps à m'accorder, contrairement aux infirmières qui me gâtaient. Il faut dire que j'étais le seul enfant de l'hôpital. J'avais droit à une chambre à moi. Ou plutôt un grand placard avec un lit tout juste assez spacieux pour m'y accueillir. Moi, ça m'était égal. Entendre les cris venant des autres chambres et passant à travers le couloir me suffisait. La nuit, parfois, des hurlements me réveillaient. J'avais peur. Peur d'entendre ces cris de douleur, peur parce que je ne voyais rien.

Mon grand-père n'avait pas le droit de dormir à l'hôpital. Un soir, il a essayé de se cacher sous mon lit pour pouvoir passer la nuit à mes côtés. Mais, lorsque l'infirmière est entrée pour me donner les médicaments du soir, il s'est cogné sous le sommier dans un vacarme infernal. Il est sorti de sa cachette en toussant et en s'excusant, faisant mine d'avoir perdu quelque chose. L'infirmière l'a grondé comme on gronde un enfant qui a fait une bêtise qui n'est pas bien grave. Son plan avait échoué et je passais une nouvelle nuit seul.

Il s'asseyait au pied de mon lit et me lisait les gros titres des journaux. Les Alliés avançaient, mais ça prenait du temps. Beaucoup de temps. Mon grand-père m'expliquait par où ils passaient, les villes qu'ils prenaient. Il me décrivait les ruines, il me parlait des Américains. J'avais l'impression d'être avec eux. Il y avait eu beaucoup de morts, beaucoup de destructions, mais les Allemands fuyaient. Je sentais à quel point il était triste. Il peinait à lire et n'avait plus la force de se réjouir de la fin de l'Occupation.

Je me souviens du jour où l'on m'a autorisé à voir de nouveau. J'espérais que l'on enlèverait complètement mes pansements, mais on s'est contenté de laisser un espace entre deux bandelettes pour permettre à mes yeux de respirer. Il faisait sombre dans la pièce, pourtant la première fois que j'ai ouvert les paupières, ça a été comme une nouvelle brûlure. Il m'a fallu du temps mais au bout de quelques minutes, je devinais à nouveau les formes. Surtout celle, assise, de mon grand-père, sa grande silhouette qui ne savait comment s'installer sur mon lit, sa carcasse pliée en deux dans l'espace exigu, désireux qu'il était de ne pas me gêner. Je voyais un théâtre d'ombres : la mèche de ses cheveux, la courbure de son nez et sa fine moustache, ses bras maigres dont l'un était appuyé sur le rebord en fer du lit et l'autre posé sur sa cuisse. Bien qu'il m'ait été difficile de distinguer ses traits, je savais qu'il me fixait. Il devait même me sourire. Il ne disait rien, mais j'entendais sa respiration de fumeur.

Les jours passaient et je voyais de mieux en mieux. Je ne pouvais pas lire ni même maintenir mon attention trop longuement sur un objet, mais je découvrais les visages des voix qui me berçaient depuis mon arrivée.

Celui de mon grand-père avait vieilli de plusieurs années. Ses traits étaient tirés et ses yeux, d'une tristesse insondable. Il n'arrivait pas à faire semblant d'être heureux, contrairement à ce que sa voix essayait de faire croire.

Le docteur que j'imaginais grand et jeune était en fait un petit bonhomme tout en rondeur. Il n'avait plus de cheveux et de grosses lunettes obstruaient son visage. Ses sourcils semblaient danser sans arrêt. Les avoir dans mon champ de vision m'épuisait et je cessais vite de le regarder. Quand il arrivait dans ma chambre, je ne fixais plus que son ventre. La boutonnière de son pantalon était un objet de torture dont l'unique but était de congestionner son estomac. Je pensais qu'il voulait empêcher son déjeuner d'atteindre le plus profond de son ventre. Son corps était constitué de deux boules situées de part et d'autre de sa ceinture et je ne pouvais m'empêcher de me demander ce qui se passait lorsque, le soir, il la défaisait : devenait-il une seule boule ou son corps gardait-il la même morphologie, habitué qu'il était à être divisé en deux ?

L'infirmière du matin était également moins belle que dans mon imagination. Elle ressemblait à un échassier qui serait arrivé là par hasard, n'aurait pas su où se poser et se serait décidé au dernier moment pour la cour de l'hôpital. Elle se déplaçait en faisant de grands pas et semblait mal à l'aise dans l'exiguïté de ma chambre. Quand la porte du couloir était ouverte, je la voyais passer de temps à autre, aérienne, comme si elle s'apprêtait à prendre son envol. J'avais toujours l'angoisse qu'elle parte par une fenêtre et ne revienne plus.

Quant à mon visage, je n'avais toujours pas eu le droit de le voir. On m'expliquait qu'il valait mieux attendre un petit peu. Que mes yeux avaient aussi été abîmés et qu'il ne fallait pas les fatiguer. Mais moi, j'étais fatigué de ne rien faire. Fatigué d'avoir mal. Plus les jours passaient, plus on diminuait mes médicaments et plus j'avais mal. J'avais l'impression que ça n'allait jamais finir.

Dehors, le silence semble régner enfin. Le grand oiseau est affalé sur mon fauteuil et nous chuchotons pour ne pas le réveiller. Nous ne savons pas grand chose de lui. De lui *non plus*.

« Dans mon roman, murmure Thomas, il y a un grand oiseau aussi. Mais c'est un oiseau en noir et blanc. Les autres ne l'aiment pas parce qu'il n'a pas de couleur. Alors il s'en va. À la recherche de couleurs pour peindre ses plumes. En vol, il rencontre d'autres animaux à qui il manque quelque chose.

– Quoi par exemple ? je lui demande.

– Oh, il y en a plein. Un éléphant sans trompe, un tigre sans rayure, un morse sans dent. Il y a aussi un chameau qui n'a qu'une bosse et qui souffre d'être pris pour un dromadaire.

– C'est mal vu les dromadaires chez les chameaux ?

– Je ne sais pas trop, mais j'imagine qu'ils doivent trouver ça un peu mesquin de n'avoir qu'une bosse. Enfin, toujours est-il que le chameau en question, c'est plus par rapport à son identité de chameau qu'il vit mal la situation.

– Et ton oiseau, il les trouve ses couleurs ? demande Sam, qui paraissait pourtant ne pas écouter.

– En fait, il ne trouve pas les couleurs. Elles sont toutes prises. Alors, il désespère un peu... et fait une sorte de dépression ornithologique. Oh, pas plus d'une dizaine de pages, après ça deviendrait un peu pénible pour le lecteur.

– Tu vas donc le faire lire ? jubile Lisa.

– On n'en est pas encore là. Mais c'est pas impossible.

– Et ça se termine comme ça ton histoire ? L'oiseau ne trouve pas de couleurs, il déprime et basta ?

– Non, non, il continue sa quête.

– Mais… c'est une sorte de conte philosophique ?

– Non, c'est juste une histoire. Comme ça, sans prétention. J'ai pas cherché à faire passer de message, je me suis contenté de raconter une histoire.

– Et il finit par les trouver ses couleurs ?

– En fait, il ne trouve pas les couleurs, mais il fait une découverte encore plus sensationnelle : il découvre une nouvelle couleur primaire.

– Hein ?

– Oui, il y avait le jaune, le bleu et le rouge… Et lui en découvre une nouvelle. À partir de cette couleur, il pourra en fabriquer des centaines d'autres, en la mélangeant. Ça offre des possibilités infinies. Du coup, il est non seulement le seul oiseau avec de telles couleurs, mais il est également la seule espèce à en bénéficier.

– Mais ça c'est pas possible !

– Qu'est-ce qui n'est pas possible ?

– Le coup de la nouvelle couleur primaire. C'est scientifiquement impossible… enfin… je pense, non ? Sinon on l'aurait déjà trouvée.

– Mais on s'en fout ! Tu crois qu'un oiseau qui cherche des couleurs pour se peindre les plumes, c'est possible ? »

La musique reprend doucement dans la rue. Un violon, puis un autre et un troisième. L'album blanc vient de s'achever et il est donc inutile de chercher autre chose. Et puis, pour une fois, les musiciens se débrouillent bien. Quelques voisins leur lancent de la monnaie qui ricoche sur les pavés. Les pièces qui tombent sont toujours en rythme. Un aiguiseur de couteaux se joint aux musiciens et fait grincer une lame contre la pierre tournante. À la manière du larsen d'une guitare électrique. L'effet est plutôt réussi mais l'oiseau se réveille en sursaut, bat des ailes, se cogne au lustre et perd quelques plumes. Il retombe au sol, étourdi.

Je vais dans la cuisine lui chercher de l'eau et de la glace. Le temps de revenir, l'animal est revenu à lui. La musique est toujours plus forte dans la rue. Des gens chantent et dansent. Quelques personnes se plaignent des pièces qu'ils reçoivent sur le crâne.

« J'ai fait un drôle de rêve, nous dit le volatile.

– Je ne savais pas que les oiseaux rêvaient, sourit Lisa.

– Bien sûr que les oiseaux rêvent.

– Et ça rêve de quoi, les oiseaux ?

– Oh comme les hommes, ça rêve que ça vole.

– C'est tout ? Mais vous pouvez vraiment le faire, ça n'a aucun intérêt !

– Les rêves ne sont pas faits pour avoir de l'intérêt. On ne va pas nous obliger à rêver qu'on marche quand même !

– Oui, oui, bien sûr... Et ça rêve à quoi d'autre ?

– Un peu tout... Je n'ai pas d'exemple précis. Parfois on rêve que l'on mange, d'autres fois on rêve que l'on fait l'amour.

– C'est pas vrai ?

– Bah si pourquoi pas ? Mais ce sont de touts petits rêves.

– Et c'était ça ton drôle de rêve ?

– Non. Je rêvais que j'étais dans un film en noir et blanc mais que, curieusement j'avais gardé mes couleurs. Je volais dans un paysage de destruction. Au dessus d'une ville détruite où il n'y avait plus personne. Pourtant on y entendait des pleurs. Les pleurs d'un enfant et ceux d'un homme. Ils n'étaient pas ensemble mais leurs pleurs se répondaient d'un bout à l'autre de la ville. Un rêve à vous geler les plumes. Je volais, volais, à la recherche de l'enfant. Mais je n'arrivais pas à le localiser. Il y avait trop de fumée. Le silence était transpercé par le bruit de quelques explosions. Il y avait aussi des bruits de moteurs, dans le lointain. »

Tandis qu'il nous raconte son rêve, une larme coule le long de son bec. Ses pattes, qui ne parviennent pas à toucher le sol, s'agitent nerveusement, formant d'étranges courbes dans l'air du salon. Lisa se lève et prend son verre à deux mains. Elle s'approche de l'un des murs et fixe les photos qui y sont accrochées. Elle reste silencieuse. Dans la rue, les musiciens s'essaient à une valse. L'aiguiseur de couteau parvient à nuancer de beaux effets grinçants. Les pièces se font rares et les crânes des danseurs sont caressés par la chute de quelques billets.

« Alors c'est ça ? demande Lisa.

– Oui, c'est ça, je lui réponds.

– C'est ça quoi ? murmure Sam.

– Là où tu vis, reprend Lisa.

– Et les photos ? Tu ne nous avais jamais parlé de cette collection...

– Les photos... C'est là d'où je viens.

– Et là, c'est où ?

– Celle-ci, c'est à Bordeaux. »

J'ai enfin pu sortir de l'hôpital pour aller habiter chez des gens que je ne connaissais pas. Ils s'appelaient Jeannine et Lucien et avaient une petite maison dans Bordeaux. Ils s'étaient portés volontaires. Nous n'avions nulle part où aller et je devais retourner aux soins tous les soirs. C'était chez eux que dormait mon grand-père depuis mon hospitalisation. Deux fois par jour, il traversait la ville pour venir me voir.

Moi qui n'avais jamais quitté mon village, je trouvais la ville immense. J'imagine que c'est parce qu'il y avait un grand hôpital épargné par la guerre. C'est assez étonnant de se retrouver quelque part sans aucun souvenir d'y être arrivé.

C'est une époque assez floue pour moi. On me donnait beaucoup de médicaments pour ne pas avoir trop mal. Jeannine et Lucien étaient désolés de tout. De ce qui m'était arrivé, de ce qui leur était arrivé, de tout. Rien n'allait plus. Ils passaient leur temps à me plaindre et à s'excuser, comme s'ils étaient responsables de quelque chose. Je ne savais pas quoi répondre, je me contentais d'un « merci ». Les premiers jours, nos conversations se résumaient à « pardon-merci-pardon-merci. »

Ce n'est qu'après que nous avons commencé à faire plus ample connaissance. C'était Lucien qui semblait le plus soucieux de moi. Il faut dire que pendant toute cette période, mon grand-père ne disait pas grand chose non plus. Il me prenait dans ses bras et retenait les sons qui auraient pu sortir de sa bouche. Il m'a expliqué après qu'il n'avait rien à dire. Nous avions vécu des choses que l'on ne peut pas expliquer aux enfants. Des choses que même les adultes ne peuvent pas comprendre. Alors il restait immobile, les yeux dans le vague et retenait ses pleurs.

Lucien m'emmenait avec lui. Je n'avais pas trop le droit de sortir mais nous allions jusqu'au petit parc situé près de chez eux. Une promenade de quelques minutes où il me tenait la main. Il me disait que je lui rappelais son fils. Je ne l'avais vu qu'en photo. Sur un vieux cliché, il n'était pas plus âgé que moi. Il n'était pas rentré de la guerre. La dernière guerre, celle qui était en train de s'achever. Il y avait une autre photo où il était en uniforme à côté de Lucien. Tous deux souriaient et, en arrière-plan, Jeannine portait une corbeille de quelque chose. Des fleurs ou des fruits, je ne sais plus trop. Il s'appelait Justin. Il devait être instituteur, mais était parti avant d'avoir eu sa première classe.

Lucien me racontait ses souvenirs et moi, je l'écoutais. Je ne pouvais pas beaucoup parler à cause de la douleur. Pour montrer que je suivais tout ce qu'il me disait, je hochai la tête, mais même ça, ça me faisait mal.

Le pire, c'était pour manger. Je ne me nourrissais que de soupe. Avec une paille. C'était Jeannine qui la préparait. Elle y mettait toutes sortes de légumes, mais surtout des pommes de terre qui restaient coincées dans la paille. Je devais aspirer de toutes mes forces et cela ravivait mes douleurs. Lucien, pour détendre l'atmosphère, expliquait que les patates, c'était de la nourriture de Boches et que c'était pour ça que ça faisait mal.

Leur maison ressemblait un peu à celle que j'avais au village. J'ai appris plus tard que, à Bordeaux, on appelait ça une « échoppe ». Une grande pièce donnant sur la rue et une plus petite à l'arrière, pour autant que je me souvienne. Il y avait aussi un petit jardin. Petit pour quelqu'un qui avait eu l'habitude de vivre à la campagne. Eux en étaient très fiers. Ils travaillaient dur pour essayer d'y faire pousser un mauvais gazon et quelques fleurs. Lorsqu'il faisait assez doux, le soir, ils y installaient une table en fer et quatre chaises. Nous restions là en silence à écouter le bruit du vent dans les branches et le chant des oiseaux.

J'aimais bien cette échoppe, mais il n'y avait aucun miroir. Je ne sais pas comment ils faisaient pour se coiffer. Un jour, j'en cherchais un pour regarder comment m'allait le costume qu'ils m'avaient offert. Un costume qui avait appartenu à leur fils. J'allai dans la salle à manger, dans ma chambre, dans celle de mon grand-père puis dans la salle de bain... Pas de miroir. Tous avaient été retirés.

Le soir, lorsque je rentrais de l'hôpital où j'allais pour mes soins encore quotidiens, nous nous asseyions tous les quatre autour de la table et après avoir dîné, à tour de rôle, ils me lisaient une histoire dans un vieux livre qu'ils avaient ressorti de leur bibliothèque. Je n'avais jamais vu autant de livres. Des dizaines et des dizaines. Il y avait de tout. Bien sûr, à l'époque je savais à peine lire et regarder à travers les bandelettes qui recouvraient mon visage était un exercice éprouvant mais, souvent, je faisais glisser mes doigts sur les tranches jaunies et décryptais les titres. Il y en avait un qui avait retenu mon attention. C'était *La Peau de chagrin* de Balzac. Je trouvais que ça correspondait bien à mon état ou tout au moins à celui de mon visage. Une fois, je me suis décidé à l'ouvrir, mais il était écrit très petit et très serré. C'était trop douloureux de le lire et j'ai laissé tomber au bout de quelques lignes.

Vers la fin de ma convalescence, nous sortions de plus en plus Lucien et moi. Il « étouffait » dans sa maison et avait besoin de prendre l'air. Nous allions jusqu'à la Garonne qu'on apercevait derrière les grilles du port. Il m'expliquait qu'avant, Bordeaux était l'un des plus grands ports d'Europe. Que des gens venaient du monde entier. On acheminait du vin en Angleterre et on faisait venir des esclaves... Il y avait des bateaux énormes, ça grouillait de monde, il y avait des cris, des insultes, le bruit des caisses que l'on déchargeait, le mouvement des grues, des cordages, des passerelles qui montaient et redescendaient, le chant de quelques marins, les soupirs avant les départs.

Je regardais les grilles et n'y voyais que du silence. À perte de vue. Rien. Des dalles vides, des entrepôts déserts. Rien qui faisait rêver. Rien qui donnait un avant-goût d'exotisme et de voyage.

Pourtant j'adorais venir jusqu'au port. « Le Port de la Lune. » Quel joli nom pour un si triste endroit. On était juste après la guerre, et je doute que j'aurais pu trouver beaucoup d'endroits en France qui aient l'air joyeux. Je voyais la vie entre des bandelettes de pansements, traversant la ville et la découvrant à travers deux horizons trop proches l'un de l'autre. Je levais la tête pour apercevoir les façades en pierre.

C'étaient là mes premiers jours de liberté. Je n'avais pas connu les joies de la Libération. Pour moi, tout s'était passé dans une chambre d'hôpital, et je n'avais connu la fin de la guerre qu'à travers ce qu'on m'en avait raconté. C'est-à-dire pas grand chose. J'avais entendu des bribes de conversations, le bruit de bouteilles que l'on avait débouchées, quelques éclats de voix, des rires et des pleurs. Il paraît que par endroits, c'était terrible. Lucien m'avait montré une ou deux femmes qui marchaient, le pas pressé et la tête baissée, un foulard solidement noué sur le crâne malgré la température. Lorsque je lui avais demandé pourquoi elles étaient ainsi vêtues, il m'avait expliqué tristement qu'on les avait tondues, parce qu'elles avaient fait quelque chose de mal pendant la guerre.

Il n'y avait plus d'affiche en allemand sur les murs. Plus de drapeaux à croix gammée. Mais il restait les files d'attente devant les magasins, les mines tristes. Dans le fond, ça n'avait pas beaucoup changé. Sauf pour moi qui n'avais jamais arpenté les rues de Bordeaux avant cette année 1945.

J'adorais marcher dans les rues. Une grande ville. Une vraie grande ville comme dans les livres. On pouvait se promener des heures sur les trottoirs, sans jamais avoir à emprunter un chemin de terre. Pour moi, c'était ça l'exotisme. C'était enivrant. Nous marchions, Lucien parlait, et moi j'essayais de regarder un maximum de choses. Tout ce qui passait dans les quelques centimètres de mon champ de vision.

Au cours de toute cette période, je voyais un peu moins mon grand-père. Il avait des rendez-vous, il s'occupait de notre avenir. Il partait parfois quatre ou cinq jours sans revenir, pour retrouver des amis qui pourraient lui fournir un travail.

Lucien et Jeannine avaient une petite maison sur le bassin d'Arcachon. Un héritage ou quelque chose comme ça. Ils y allaient l'été et parfois le week-end, mais la route était longue. Soixante kilomètres, ça représentait une petite expédition. Ils m'en avaient parlé plusieurs fois et m'avaient promis que, dès que les médecins seraient d'accord, ils m'y amèneraient. Un hiver est passé, un printemps aussi. L'été est arrivé à l'heure et les médecins ont jugé que mon état me permettait de me déplacer à condition de faire bien attention, de penser à renouveler mes bandages et de prendre mes médicaments. Comme s'il était possible que je les oublie.

C'était la première fois que je voyais la mer. Je m'étais préparé à l'immensité, à l'infini et à tout ce que l'on peut lire sur l'océan. Mais ce qui m'a le plus marqué, c'est l'odeur et le bruit. Le bruit surtout. Je ne connaissais pas ce mélange de sons : celui des vagues, de l'eau qui fait crisser le sable, des oiseaux qui n'ont rien d'autre à faire que crier et se laisser planer. L'odeur de la vase, du sel. Et le vent. Le vent incroyable qui passe, décoiffe et ne s'arrête jamais.

Le matin, nous allions pêcher la crevette. Nous étions tous les trois, de l'eau jusqu'à mi-mollet, poussant nos épuisettes. Nous raclions le sol et y décrochions un tas de coquilles d'huîtres vides, parfois un hippocampe. L'épuisette de Jeannine me paraissait immense, il me semblait que l'on aurait pu y mettre une baleine. Il n'y en a jamais eu, mais le nombre de crevettes qui s'y faisaient prendre était incroyable. À croire qu'elle les appâtait ou qu'elle avait un secret pour les attirer dans son filet.

Il faisait frais et le soleil commençait à peine à nous chauffer le dos. Nous avions pris nos précautions pour protéger mon visage. En plus des pansements habituels, j'avais une espèce de cagoule légère et un grand chapeau. Il paraît que le soleil est le pire ennemi de la cicatrisation.

Le soir, nous sortions trois chaises dans le jardin. Je me souviens que Jeannine prenait un Ricard avec beaucoup d'eau. Lucien prenait du whisky. Et moi, un verre d'eau avec du sirop. Puis Jeannine allait dans la cuisine et faisait cuire à la poêle notre pêche de la journée. Je déposai les têtes sur le rebord de la table. Jeannine et Lucien les mangeaient en entier, ce qui m'impressionnait beaucoup. La soirée passait ainsi, lentement, et se terminait autour d'une partie de cartes. Des jeux dont les règles m'ont aujourd'hui échappé.

La journée, nous partions nous promener à vélo. Je me servais de celui de leur fils. On zigzaguait dans les rues, tout en prenant garde de ne pas trop se rapprocher des trottoirs de sable. Lucien et Jeannine connaissaient tout le monde et devaient quasiment tenir le guidon d'une seule main, l'autre devant saluer en continu. Parfois nous nous arrêtions pour discuter un instant. Je me souviens d'un pêcheur qu'ils connaissaient. Je me souviens surtout de ses mains, auxquelles il manquait deux doigts. Plus précisément un doigt et deux phalanges d'un autre. Mes yeux étaient hypnotisés par ces mains. J'avais mal pour lui.

Cette image m'a hanté toute cette journée-là mais j'ai attendu le soir pour en parler à Lucien. Il m'a expliqué qu'il ne savait pas comment il avait perdu ses doigts. « Sans doute dans un filet de pêche. » Je suis resté stupéfait. Lucien connaissait quelqu'un à qui il manquait des doigts sans savoir ce qui lui était arrivé. Sans en être sûr... N'y a-t-il que les enfants qui sont curieux, fascinés par les hommes auxquels il manque des phalanges ?

C'était une époque bizarre. Une époque où l'on ne s'étonnait pas des gueules cassées de la guerre de quatorze. Les hommes n'en étaient pas à une phalange ou un visage près. Sur le moment, j'éprouvais un peu de pitié pour cet homme, mais en y repensant des années plus tard, je me disais que j'aurais bien échangé mon visage contre sa main.

Je n'ai jamais vraiment compris pourquoi nous étions partis. Cela a été un nouveau déchirement. J'imagine qu'ils ne pouvaient pas nous accueillir trop longtemps, ou que pour Pierre-Jean il était nécessaire de commencer quelque chose de nouveau. Nouveau décor, nouvel emploi, nouveaux amis.

Ce départ, nous en parlions depuis quelques mois. On savait tous qu'il était inévitable. Je revois Jeannine retenant ses larmes. Lucien, qui économisait ses mots, la gorge nouée et sèche. Gare Saint-Jean, un train est arrivé, ils nous ont aidés à mettre nos valises dans le compartiment et je me suis penché à la fenêtre pour les voir. Je pensais qu'il y aurait quelque chose d'exceptionnel dans cet au-revoir, qu'ils courraient après le train pour finalement monter à bord, qu'ils agiteraient des mouchoirs blancs ou qu'ils lanceraient un chapeau en l'air. Mais non : Lucien a levé la main, discrètement. Jeannine s'est blottie dans ses bras. Le train a accéléré et est parti en direction du Nord.

Nous étions seuls dans le compartiment et j'ai posé ma tête enturbannée sur les genoux de mon grand-père. J'avais envie de pleurer mais n'y suis pas parvenu. J'avais mal au menton, j'avais mal au visage, j'avais mal au cœur.

Le bruit était infernal, grondant autour de nous et me berçant.

Personne n'est monté à Angoulême.

Personne n'est monté jusqu'à notre arrivée à Paris.

Nous sommes restés seuls, sans un mot.

CHAPITRE 18

Sam est affalé dans un fauteuil, Thomas a les coudes appuyés sur la table, une cigarette consumée pendue à ses lèvres. Lisa est à ses côtés, me regardant fixement. Et l'oiseau occupé à lustrer ses plumes sans pour autant perdre une miette de ce que je raconte. Le silence règne, à peine entrecoupé par le craquement du bois du parquet, quelques coups de klaxons et le ronflement de moteurs plus loin. Dans la rue, les musiciens rangent leurs instruments, la foule commence à se disperser. À l'extérieur, la vie reprend un cours normal, à l'intérieur elle est suspendue en attendant la bascule.

Je remplis les verres une dernière fois avant de poursuivre mon récit. Ainsi donc nous y voilà. Je suis sur une drôle de scène instable et je réalise à quel point ce que je racontais dans le bar n'était qu'une série de répétitions avant de m'attaquer au cœur de l'histoire, comme un pianiste qui aurait fait ses gammes avant de s'attaquer à une partition de Chopin. Sauf que la partition que je m'apprête à jouer n'est pas l'œuvre d'un génie, ce n'est qu'un témoignage. Un simple témoignage sous forme de cicatrice et de souvenirs trop longtemps enfouis. Si j'ai été encouragé par la présence des spectateurs dans le café de Lisa, c'est ici la présence de mes amis qui me permet de me retourner enfin vers cette journée qui n'aurait jamais dû avoir lieu. Leur présence silencieuse et bienveillante. Et le regard de Lisa, comme une invitation à reprendre, une main tendue.

Il faisait beau quand notre vie a basculé.

Il faisait beau quand les Allemands sont arrivés.

On racontait des histoires terribles. Ils torturaient des Résistants dans le maquis. Les Résistants, c'était ceux qui ne voulaient pas que la France soit allemande. Moi non plus, je ne le voulais pas. Je trouvais la langue beaucoup trop compliquée et je ne voyais pas l'intérêt de tout changer sous prétexte que des étrangers voulaient s'approprier notre pays. Un pays, ça ne peut pas se voler. Je comprenais que l'on vole du pain, des billes, un vélo... Tout ça c'est utile et pratique. Mais un pays !

Toujours est-il que quand ils sont venus, on avait peur mais personne n'imaginait ce qui allait se produire. Bien sûr, ils étaient très nombreux et assez énervés. Mais les Alliés avaient débarqué, ça faisait une bonne raison d'être sur les nerfs.

Pierre-Jean travaillait ce jour-là. Il était déjà représentant. Il parcourait le département sur sa bicyclette. Quand il s'est approché d'Oradour cette après midi, il a posé le pied à terre, a sorti une cigarette d'une poche intérieure de sa veste. Les sourcils froncés, il s'efforçait de bien distinguer ce qu'il voyait au loin. Il y avait de la fumée. Beaucoup de fumée. Quelque chose de plus grave qu'un simple incendie. Il aurait pu accourir, porter secours, aider à éteindre le feu, mais quelque chose l'a retenu et lui a sauvé la vie.

Il a posé sa bicyclette contre un arbre et a continué le chemin à pied. Avant le dernier virage, qui n'était qu'à quelques centaines de mètres du village, il a grimpé à un arbre. Il n'était pas habitué à ce genre d'exercice et a dû s'y reprendre à trois fois pour finalement ne pas voir grand chose. Mais il a entendu. Il a entendu le crépitement des flammes et les cris. Ces cris de panique, ces pleurs. Il a entendu la mort partout. Il est descendu et a pris la route en sens inverse, courant, tombant, ne respirant plus, s'arrêtant pour vomir et oubliant de reprendre son souffle.

Depuis le matin, il avait eu vent de rumeurs, de bruits qui couraient. Une division passait par là. Ils étaient arrivés à Rochechouart et Saint-Junien la veille. Passablement énervés, ils avaient réquisitionné des voitures, n'hésitant pas à violenter ceux qui ne leur obéissaient pas assez vite. Partout aux alentours, il y avait eu des heurts, des représailles.

Il a passé le reste de la journée caché dans un fossé, se recouvrant de tout ce qu'il trouvait : branches, feuilles, herbes arrachées.

Terrorisé et incapable de réfléchir.

Animal pris au piège. Il ne pouvait qu'attendre et prier. Mais il n'arrivait à rien. Il ne comprenait rien. Les Américains avaient pourtant débarqué, merde ! Alors qu'est-ce qui se passait, ici ? Chez lui !

Il commençait à avoir froid. Son pantalon était mouillé par l'eau du fossé mais il n'osait pas sortir. Il était trop loin pour entendre quoi que ce soit de précis. Peut-être les Allemands étaient-ils déjà partis depuis plusieurs heures.

La nuit tombait. Il grelottait.

Il est resté allongé dans le fossé encore plusieurs heures, paralysé par la peur. Les voix du village le harcelaient. Des voix de terreur. Des voix qui appelaient au secours, qui ricochaient sur les murs. Celles de sa famille, de ses amis. La mienne aussi.

Il m'a expliqué plus tard qu'elles ne l'ont jamais quitté. Parfois même, elles le réveillaient au milieu de la nuit, le baignant de transpiration.

Pourtant lorsqu'il est enfin parvenu à l'entrée du village, seul le silence l'a accueilli.

Lisa se redresse et retourne regarder les photos, s'attardant sur chacune d'entre elles. Thomas et Sam finissent leur verre. L'oiseau s'étire et en profite pour lisser ses plumes.

La mouche est revenue. Cela faisait longtemps que je ne l'avais pas vue. Elle tourne quelques minutes dans l'air sous le regard agacé de Sam, qui tente de la chasser d'un revers de la main. Elle se pose sur l'accoudoir de son fauteuil, puis sur le rebord de son verre et reprend ses rondes au-dessus de nous. Je ne la quitte pas des yeux, au cas où.

Elle se plaque contre le mur et se frotte les pattes avant. Enfin, elle se lâche un peu, esquisse quelques pas de danse, deux en arrière, un en avant. Elle regarde autour d'elle : personne ne réagit, la voie est libre. Elle se dandine, bouge son arrière train, déploie ses ailes, les remet en place, au rythme de la musique de la rue. Elle retire son soutien gorge, rougit un peu et se lance dans un cha cha cha. Je l'attendais depuis si longtemps que je n'ose esquisser le moindre geste. J'ouvre de grands yeux et tente d'attirer l'attention de mes amis. Mouvements du menton, clignement des paupières, rien n'y fait. Le spectacle est pour moi et moi seul. La scène dure de longues minutes, jusqu'à ce que l'insecte essoufflé décide de ralentir la cadence, de saluer bien bas et de s'allumer une cigarette. Elle tire longuement, recrachant lentement de petits ronds. Elle reprend alors son activité de mouche et se frotte les pattes avant, satisfaite.

Un murmure de Lisa attire mon attention. Elle est devant la photographie de mes parents. Face à l'objectif, ils regardent en souriant, se tenant par la main. C'est la seule que j'ai en ma possession. Prise avant la guerre. C'est une des rares photos vivantes dont je dispose. Elle est accrochée au milieu des autres. Un peu de vie au milieu des ruines. Un peu d'avant-guerre au milieu de la guerre.

La teinte de la photographie change imperceptiblement. Il y a d'abord du jaune que je n'avais jamais remarqué, puis un peu de rouge sur les joues de ma mère. Le ciel se teinte de bleu. Un bleu pâle et triste. Mais, progressivement, il se fonce et devient un ciel d'été. Les cheveux de ma mère passent du noir au châtain. Ceux de mon père restent en noir et blanc ; en cela ma mémoire ne m'avait pas trompé. En quelques instants, les couleurs apparaissent clairement. C'est la première fois que je revois mes parents en couleurs. J'avais fini par croire qu'ils avaient toujours été en noir et blanc.

Lisa se tient près de moi, elle me prend le bras. Nos corps se touchent et je sens une chaleur que je ne connaissais pas. Nous faisons le tour des photos qui sont toutes en couleurs à présent. Il y en a une, prise lors d'une fête. Quelques personnes dansent, d'autres tiennent un gobelet à la main. Dans un coin, un accordéoniste. Des casquettes, des chiens et des enfants qui jouent.

Je revois la maison et sa tapisserie à fleurs. La gazinière est en état de marche. Une casserole chauffe sur le feu. Ma mère épluche des légumes juste à côté. Il y a mon grand-père, assis près d'elle. Il porte une veste marron et un pantalon gris, ses yeux ne sont pas marqués.

Sur la photo suivante, le toit de la maison se pare de tuiles et des rideaux poussent aux fenêtres.

Une autre : de la pelouse devant une maison.

Une autre : une dame sur son perron. Je ne la reconnais pas.

Une autre : le facteur qui dépose un paquet.

Sur tous mes murs, la vie reprend peu à peu. Les ruines cèdent la place au village tel que je l'avais oublié. Tel qu'il aurait toujours dû rester. Il y a des hommes, des femmes, des enfants et des animaux. Les gens ont l'air heureux. Une ou deux grimaces, un visage ébloui par le soleil, des contours flous, des mouvements que l'objectif n'a pas réussi à capter. Un Oradour d'avant Oradour.

Sam et Thomas nous ont rejoints. Une cigarette est placée dans mes mains.

Ce jour-là, j'étais malade. Il faisait beau mais j'avais une espèce de grippe. Un petit air de printemps ou de début d'été. Assez malade pour ne pas aller à l'école mais pas assez pour me priver du repas. Mon père était parti travailler le matin et avait déposé une bise sur mon front brûlant. Ma mère venait de débarrasser le bol de soupe que j'avais à peine terminé.

Un petit oiseau gris est venu frapper à la fenêtre de la cuisine. Il s'est cogné, s'est étourdi. Nous le regardons quelques instants. Il se remet sur ses pattes, s'ébroue, fait quelques pas et disparaît.

Des bruits dans la rue. « Les Allemands. »

Les Allemands, je les avais déjà vus. Mon grand-père les détestait, mon père ne les aimait pas. Et moi, j'étais comme eux, même si je n'avais pas connu la vie avant leur arrivée.

Depuis quatre ans, ils avaient défilé, traînant leurs uniformes un peu partout dans la région. On m'avait dit que c'était les méchants, qu'ils venaient nous voler notre pays. Moi, je savais ce que c'était, des méchants, on m'avait raconté plein d'histoires avec des ogres, des loups, des bandits, des cyclopes et toutes sortes de monstres.

La première fois que j'ai vu des Allemands, j'ai été un peu déçu. Soulagé aussi. Ils étaient comme nous. La seule différence, c'était leur uniforme. Tous les Allemands étaient en uniforme. Il y avait aussi beaucoup de blonds parmi eux. Mais enfin, pas de quoi en faire des monstres. Plus d'une fois, j'en avais vu sourire et même rigoler. Quand ils s'arrêtaient pour boire, ils essayaient de parler français et paraissaient bien élevés.

La petite pendule en bois battait dans le silence de la pièce tandis que ma mère s'escrimait déjà à préparer le repas du soir. On frappa à la porte. Une voisine : Gisèle. On nous dit qu'il faut sortir. Mais voilà : je suis malade. Je ne suis pas allé à l'école, ce n'est pas pour aller parader dans les rues sous prétexte que les Boches en ont décidé ainsi.

Mais Gisèle n'a pas l'air de rigoler. Il faut préparer nos papiers. Maman lâche la casserole, s'essuie au torchon et ouvre le tiroir du buffet. Elle me sourit, me tend la main et me précède dans la rue. Elle a oublié de retirer son tablier, mais ça n'est pas grave, on n'en a pas pour longtemps.

Nous nous rendons sur la place.

Nous attendons avec les autres, les voisins. Il fait chaud et je me sens mal. D'autres Allemands arrivent. Il y a là toute une division. Une division qui parle fort, qui fait du bruit. Une division qui ne donne pas l'impression de vouloir faire la paix. Un débarquement, c'est toujours un peu énervant quand on a travaillé pendant quatre ans sur la fortification de centaines de kilomètres de plages.

Des hommes passent devant nous. Encadrés d'uniformes. Je cherche mon père mais ne le vois pas. J'aimerais bien lui faire un signe de la main. Juste pour lui montrer que j'ai pu sortir de mon lit. Qu'il soit fier de moi. Demain, je retournerai sans aucun doute à l'école. Il n'aime pas trop que je reste à la maison. Il faut apprendre, toujours apprendre. D'autres Allemands, d'autres voisins. On ne comprend pas ce qui se passe. Ils ont l'air de chercher quelqu'un mais on n'en est pas sûr. De toute façon, ici, il n'y a rien à trouver. Alors on attend, on retournera à nos occupations et nos maladies après.

Des mouvements à côté du champ de foire. Des hommes que l'on déplace en silence. Je le vois enfin. Je lève la main doucement, en essayant de ne me faire remarquer que de lui. Il est loin, il tourne la tête dans tous les sens, il cherche lui aussi. Maman me serre la main. Il fait chaud.

Un uniforme hurle aux hommes qui sont réunis autour de nous de sortir du rang. « Pourquoi ? » je demande à maman. Elle fronce les sourcils. On ne pose pas de question devant les Allemands, mais je ne comprends pas pourquoi on doit séparer les hommes des femmes pour contrôler les papiers d'identité.

Le premier à sortir de notre groupe est Gérard. Il a fait la guerre de quatorze. On dit qu'il y a laissé une partie de son esprit. Il déteste les Allemands. Il déteste tout le monde. C'est lui qui avait chassé les musiciens tziganes lorsqu'il étaient venus il y a quelques années.

Les hommes qui se faufilent entre nous vont rejoindre le groupe auquel appartient mon père. Il regarde dans notre direction. Je renouvelle mon geste de la main. Ça y est, il m'a vu.

Il veut nous rejoindre et fait quelques pas dans notre direction, mais un soldat le frappe. Il tombe. Le militaire pointe son arme sur lui et il a du mal à se redresser. Je lui crie de montrer ses papiers. Il n'a rien fait de mal, il ne peut rien lui arriver. Qu'il reste où il est : on se retrouvera ce soir et je suis presque plus malade. L'Allemand lui hurle dessus. On ne comprend rien à sa maudite langue. Depuis qu'ils sont là ils nous l'imposent. Nous, on ne veut pas l'apprendre. C'est la langue de l'Occupant. Papa, il a l'air de comprendre qu'il doit se relever mais il saigne. Je suis trop loin pour savoir ce qu'il a. Quelque chose s'est ouvert dans son visage. Il m'avait expliqué que le visage saigne très facilement, c'est pour ça qu'il faut y faire attention. Je ne supporte pas de le voir saigner. Il est même pas armé : il peut pas se défendre. Il finit par aller rejoindre le rang mais le militaire pointe son arme dans son dos. Il ne peut plus se retourner pour nous faire un petit coucou. Il me tarde qu'il me raconte ce qui s'est passé. Il me tarde que les Américains viennent frapper les nazis sur le visage.

Je reconnais parmi le groupe des hommes l'un des chasseurs du village. Il n'a pas de fusil. C'est maintenant qu'il aurait dû l'avoir avec lui. Il ne fait rien. Il est comme les autres : une sorte de prisonnier qui ne sait plus ce qu'il doit faire. Sa moustache pend. Pour une fois, j'aimerais le voir armé. Il y a aussi Hubert, un ancien trapéziste qui s'est reconverti dans l'élagage. Lui non plus ne sait plus ce qu'il doit faire et préfèrerait sans doute se balancer entre deux branches.

Mon père et ses amis quittent le champ de foire. On les répartit en plusieurs groupes. Cinq ou six, de là où je suis je ne parviens pas à les compter. La main de maman me fait presque mal, je ne sens plus le bout de mes doigts. Le silence s'abat sur la place. On attend toujours. Il n'y a plus que des femmes et des bébés. Il doit être aux alentours de quatre heures de l'après-midi.

Les hommes sont partis depuis plusieurs minutes. On entend une succession de coups secs et répétés. Comme des coups de feu. Comme des coups de feu, maman ? Sa main transpire dans la mienne. Comme des coups de feu, maman ? Elle ne répond pas. Elle ne regarde pas. Comme des coups de feu, maman ? Elle est perdue. Autour de moi, tout le monde est perdu. Des soldats nous empêchent d'aller voir ce qui se passe. Pourtant il doit bien y avoir un problème : on peut peut-être faire quelque chose pour aider.

De la fumée. Un panache de fumée. Un deuxième, juste à côté. Un troisième puis un quatrième. Ils se mêlent, forment un gros nuage. Il y a des cris. Maman tremble.

Les soldats qui sont parmi nous sont nerveux, ils ne lâchent pas leur gâchette. Ils font les cent pas, vérifient que personne ne sort du rang.

Une heure passe comme ça. Je n'ai plus mal à la tête. J'attends et j'ai peur. Peur parce que maman a peur. Peur parce que papa saigne et qu'on ne peut même pas le soigner.

On nous fait signe d'aller vers l'église. On nous l'ordonne. Nous sommes plusieurs centaines. On se bouscule, on se parle un peu. Mélange de silences et de chuchotements. Est-ce que c'est vraiment le moment pour aller prier ? Moi, je vais prier pour papa. Et pour mon grand-père qui n'est pas là mais qui reviendra ce soir.

Il y a un attroupement à l'entrée de l'église. Les officiers hurlent des ordres. Nous ne comprenons rien. Maman ne lâche pas ma main mais c'est difficile : nous sommes tous serrés les uns contre les autres. Pressés. J'étouffe un peu. Mon mal de crâne me reprend, j'ai de plus en plus peur. Les femmes rentrent les unes après les autres. Nous sommes en tête du groupe. Des enfants crient. Le brouhaha envahit mon cerveau. Je me laisse porter, je ne maîtrise plus mes mouvements. L'odeur de la fumée me gêne pour respirer. Il y en a dans les airs, des particules de charbon. Partout. Les pans d'une jupe m'aveuglent. Mes pieds sont écrasés. Je ne lâche pas la main. Il fait chaud au milieu de tous ces gens, de toutes ces peurs. Je voudrais que mon père soit avec nous. J'espère qu'il n'a pas trop mal. Pourquoi est-ce qu'on doit rentrer si vite ? Pourquoi cette bousculade ?

Je suis guidé par la main qui me tire. Je manque d'air, je suis perdu et j'ai de plus en plus peur. J'ai envie que mon père soit avec moi. J'ai envie de savoir où il est. J'ai envie que l'on me sorte du porche de cette église, j'ai envie que les Américains arrivent, et maintenant ! J'ai envie de comprendre. J'ai peur de comprendre. J'ai peur de ce qui est arrivé à mon père, j'ai peur parce que ma maman a peur, j'ai peur parce que je ne comprends pas l'allemand, j'ai peur parce que je n'y vois rien, parce que ça sent la fumée, parce que je respire la colère, la transpiration et les larmes. J'ai peur de comprendre. Je refuse de comprendre. Je refuse de rester dans cette église. Je refuse de laisser mon père saigner sans aide. Je refuse d'obéir à ces hommes qui ne sont même pas chez eux.

Je veux qu'ils rentrent chez eux. Je veux rentrer chez moi. Je veux me reposer pour être en forme pour aller à l'école demain. Je veux que l'on nous laisse en paix, mon grand-père va bientôt rentrer. Mon père est blessé.

On est poussés à l'intérieur. Pressés les uns contre les autres. On crie. Des coups de feu, mes oreilles sifflent. Des bruits sourds, des femmes qui pleurent, des enfants qui paniquent. Je respire mal, on me recouvre de quelque chose. De la paille ? Où est maman ? Où est sa main ? Je ne veux pas la perdre. Pourquoi tout le monde est par terre ? Pourquoi toute cette paille ? Pourquoi de nouveau des coups de feu, des sifflements, des cris. Pourquoi est-ce que tout résonne ? Pourquoi est-ce que l'on ne prie pas, dans cette église ? Pourquoi font-ils cela ? Il fait chaud. De plus en plus chaud. Je tousse, j'étouffe. Je veux sortir. Je rampe. Maman ? J'ai perdu ta main, pardon. Maman ? Où es-tu ? Mes yeux me piquent. Je suis sourd. Je hurle. Tout est noir. La fumée. Toujours plus de fumée. Une explosion. Des bruits se répercutent. Partout. Des cris sourds. Des voix chuchotent, crient, hurlent, parlent, murmurent. Des voix de femmes, des voix d'enfants. Des voix qui ne comprennent pas, qui ne s'entendent pas. Quelques accents allemands là-bas.

Il fait noir. Mes yeux ne s'ouvrent plus. C'est mouillé et chaud à côté de moi. Collant. C'est rouge. Mes yeux se referment. Je veux parler. Je n'entends pas ma voix. Je ne sens plus sa main. Je suis tout seul. C'est maman qui a mes papiers. Ma tête est lourde. Une mouche vient se coller à mon visage.

Une main sur ma bouche. On me traîne. Il fait chaud. Mes jambes me brûlent. De la lumière partout. Des flammes. Des vitraux qui explosent. On me traîne. Mon visage. Mon visage. Une brûlure. Je fonds. On me traîne.

Je heurte des gens. Des corps de femmes. Maman ? On me porte, on me hisse, on me fait glisser. La chaleur est suffocante. De l'eau. De l'eau, s'il vous plaît. Une gorgée. J'ai mal. Mon menton brûle. Ma main s'approche de mon visage. Une odeur de viande brûlée. Des hurlements, toujours. Et moi au-dessus de tout le monde. Je ne respire plus. J'ai trop mal. Tant pis : je ne comprends pas, je veux juste dormir. Maman, rejoins-moi ! Je suis haut, très haut. On m'a porté au-dessus des femmes. Je sens les flammes, j'entends les derniers cris, les derniers pleurs.

De l'air. De l'air enfin. Je tombe.

CHAPITRE 19

Je reste comme un musicien sur la scène à la fin d'une représentation, incapable de savoir si ma voix a tremblé, si des larmes ont coulé le long de mon visage. J'ai interprété une chanson que je n'ai pas écrite dans un costume trop grand pour moi. Je ne sais combien de temps j'ai parlé et constate que mon verre est vide sans que je me souvienne l'avoir porté à mes lèvres. Mes jambes tremblent. Mes amis restent silencieux. Leurs regards ne me quittent pas. Les yeux de Thomas sont humides et, dans l'obscurité, je ne parviens pas à décrypter la lumière qui anime ceux de Sam. Le visage de Lisa a une expression que je ne lui connaissais pas, proche de celui d'une Vierge à l'enfant. Une nouvelle icône à laquelle me raccrocher qui m'enveloppe de sa sérénité et de sa douceur. L'oiseau, nous laissant à notre intimité, sort par la fenêtre en nous adressant un dernier geste de l'aile.

Je regarde mes amis et repense à tous ces visages qui se sont pressés dans le café de Lisa. Je prends conscience à l'instant que je n'avais plus vu autant de gens rassemblés autour de moi depuis cette journée de juin. C'est sans doute la raison pour laquelle il m'était impossible de continuer devant eux.

Je décroche du mur une photographie de mon grand-père. Il est maigre, ses joues creusées, des cernes sous les yeux. Nous restons un moment à la regarder. L'odeur des cigarettes que nous avons fumées la rend encore plus réelle. Il a son regard malicieux. Je ne sais pas qui a pris la photo, ce n'est pas moi. Pourtant à cette époque nous ne voyions pas grand monde. Cela fait partie des secrets que je n'ai jamais percés. Que je n'ai jamais voulu percer d'ailleurs.

Pierre-Jean est mort un matin ou un soir. J'étais en train de manger des crêpes lorsque l'hôpital a téléphoné. Sur le moment je me suis dit que jamais plus je ne pourrais manger de crêpes. J'ai décroché le téléphone, balbutié quelques mots et enfilé mon manteau. Il était malade. Depuis longtemps. Le genre de maladie qui fait tousser et qui fait dire aux médecins qu'il ne fallait pas tant fumer.

Je l'avais vu la veille au soir. Il m'avait regardé en souriant, m'expliquant que c'était tout de même dommage de ne pas savoir laquelle de ses premières cigarettes l'avait mis dans cet état.

Mais je ne pense pas que ce soit ses cigarettes qui aient abîmé les poumons de mon grand-père. Ce sont les fumées d'Oradour qui ne l'ont jamais quitté. Comme tous les enfants, je le croyais immortel, et plus je sentais la fin proche, plus je demandais au personnel de l'hôpital s'il allait bientôt rentrer chez nous. Leurs réponses étaient chaque fois moins nettes, leurs sourires chaque fois plus figés. Je n'ai pas reconnu la voix au téléphone. « C'est fini. »

Alors c'est ça… C'est tout ? C'est fini, on balaye tout d'un revers de la main.

Non, ça ne sera jamais fini.

Sur son dernier lit, il avait encore son sourire triste. Celui qu'il s'efforçait d'arborer pour se prouver qu'il était heureux. Dans la petite chambre, j'ai retrouvé la chaise sur laquelle j'avais passé tant d'heures. Comme d'habitude, en entrant j'ai guetté le mouvement de sa respiration sous le drap blanc. En vain, cette fois-ci, mais j'ai attendu un peu, au cas où. Je ne savais pas si je devais le saluer, l'embrasser, lui parler. Nous avions tant cherché à oublier la mort que je ne savais plus comment la traiter.

Je me suis assis et j'ai posé ma main sur la sienne, parvenant à peine à la toucher. Elle était déjà froide, mais je n'ai pas osé retirer la mienne de peur de le vexer. Comme s'il pouvait encore être vexé. Est-ce qu'il était encore là quelque part ? À côté de moi, assis sur son lit à nous regarder, lui et moi ?

Il y avait le bruit des machines tout autour. Bip bip bip bip… qui me rappelaient celui des appareils auxquels il était branché ce matin encore. Une espèce de rythme étourdissant que l'on finit par haïr autant que l'on hait cette peur que l'on a que cela s'arrête un jour. Des bruits de pas dans le couloir, des hommes et des femmes qui frappent aux portes pour demander s'ils peuvent entrer. Et le silence de sa respiration. Quelques infirmières rient dans une salle, au fond. Un objet métallique qui tombe et résonne. Des bruits d'assiettes que l'on empile, de couverts qui s'entrechoquent. Un téléphone et une voix qui y répond. Et le silence de sa respiration, encore. Par la petite fenêtre parviennent également les bruits de la rue, un homme crie, une voiture klaxonne, une moto hurle, un chien aboie. Et le silence de sa respiration, toujours oppressant.

Évidemment je pleurais. Évidemment j'en voulais à la terre entière. Évidemment j'avais l'impression d'être seul au monde. Plus seul encore que lorsque nous avions quitté Oradour.

Et puis du temps est passé. Un jour, deux jours, une semaine, un mois, une année. Et j'ai mangé de nouveau des crêpes. Je me demandai si je manquais à ma promesse. Je culpabilisai un instant.

J'essayai de me souvenir de tout ce qu'il m'avait dit de ne pas oublier, de toutes ses petites leçons qu'il me donnait l'air de rien. Il y en avait beaucoup. Une vie de petites choses.

On parlait rarement du passé. Il m'avait expliqué que j'avais tout en moi et qu'il n'avait rien de plus à m'apprendre. Je savais que c'était trop dur pour lui. D'Oradour, il n'avait rien vu. Rien de ce qui s'y était passé, il avait juste vu ce qui en était resté. Mais c'étaient les sons qui le hantaient. Tout comme moi.

Ces voix qui nous réveillaient l'un et l'autre au milieu de la nuit.

Chapitre
O

Le soleil se lève tandis que les violonistes s'allongent dans la rue. Le soleil se relève toujours et les violonistes finissent toujours par s'allonger. Je ne sais pas si j'ai vraiment survécu à la mort de mon village. Sans doute plus que je ne l'imaginais, même si j'y ai laissé une part importante de moi. On me l'a arrachée. On dit que la vie continue. La mienne a continué. Celle de Pierre-Jean aussi. Un temps. On a fait semblant que la vie pouvait reprendre et on a plutôt pas mal réussi. À force de faire semblant, j'ai même cru que j'allais pouvoir oublier. Et j'ai cru que ce serait bien d'oublier. Pour certains peut-être. Pas pour moi. Je ne dis pas que c'est mieux ou moins bien : chacun fait comme il peut ou comme il veut.

Je me suis laissé porter. C'était plus confortable. Je n'ai pas eu à fouler le verre brisé et les braises. Je n'ai pas eu à enjamber les corps. Quelqu'un l'a fait pour moi et je ne saurai jamais qui. On a juste oublié de me boucher les oreilles. Il paraît que les souvenirs qui restent le plus longtemps sont les souvenirs olfactifs. Je peux jurer qu'il y a des sons qui hantent et qui reviennent s'assurer, au milieu de la nuit, que vous n'avez rien oublié. Ils font leur devoir de mémoire, en somme. Avec le temps, j'ai appris à les apprivoiser ou tout au moins à vivre avec.

Quand je suis rentré chez moi, le fameux soir où j'avais sorti la photo de Pierre-Jean de mon portefeuille, j'ai ouvert le grand placard dans lequel j'avais remisé les quelques affaires que je gardais de mon grand-père. Pour l'essentiel, des feuilles sur lesquelles il écrivait tout ce qui lui passait par la tête. Je n'ai pas eu le courage de tout lire, mais je suis tombé sur de drôles de lettres qu'il avait écrites à mon père bien après sa mort. Je ne sais pas pourquoi il les avait rédigées, peut-être simplement pour lui faire un clin d'œil par-delà la vie. J'ai pris conscience qu'il m'avait entièrement consacré sa vie sans évoquer jamais son propre deuil. J'ai pensé qu'il avait certainement trouvé dans la dérision de ces lettres un moyen d'exorciser ses propres douleurs. Et j'ai pensé à la peine de Sam lorsqu'il nous avait raconté ses adieux ratés avec son père. Je me suis dit que ces lettres lui revenaient.

Je ne sais pas si j'enlèverai un jour cette écharpe. Je ne sais pas si je lirai un jour le roman de Thomas. Je ne sais pas si un jour Lisa me fera la bise. Je ne sais pas si mon grand-père s'est libéré de ses voix, et je ne sais pas si je réussirai un jour à m'en libérer moi-même. Mais je peux aujourd'hui relire le poème de Jean Tardieu que mon grand-père n'a jamais pu me réciter. Il l'appelait « une bouche sans personne » parce que son nom était trop difficile à prononcer. Oradour.

Oradour n'a plus de femmes
Oradour n'a plus un homme
Oradour n'a plus de feuilles

Oradour n'a plus de pierres
Oradour n'a plus d'église
Oradour n'a plus d'enfants

Plus de fumée plus de rires
Plus de toits plus de greniers
Plus de meules plus d'amour
Plus de vin plus de chansons.

Oradour, j'ai peur d'entendre
Oradour, je n'ose pas
Approcher de tes blessures
De ton sang de tes ruines,
je ne peux je ne peux pas
Voir ni entendre ton nom.

Oradour je crie et hurle
Chaque fois qu'un cœur éclate
Sous les coups des assassins
Une tête épouvantée

Deux yeux larges deux yeux rouges
Deux yeux graves deux yeux grands
Comme la nuit la folie
Deux yeux de petits enfants :
Ils ne me quitteront pas

Oradour je n'ose plus
Lire ou prononcer ton nom.

Oradour honte des hommes
Oradour honte éternelle
Nos cœurs ne s'apaiseront

Que par la pire vengeance
Haine et honte pour toujours.

Oradour n'a plus de forme
Oradour, femmes ni hommes
Oradour n'a plus d'enfants
Oradour n'a plus de feuilles
Oradour n'a plus d'église

Plus de fumées plus de filles
Plus de soirs ni de matins
Plus de pleurs ni de chansons.

Oradour n'est plus qu'un cri
Et c'est bien la pire offense
Au village qui vivait
Et c'est bien la pire honte
Que de n'être plus qu'un cri,

Nom de la haine des hommes
Nom de la honte des hommes
Le nom de notre vengeance

Qu'à travers toutes nos terres
On écoute en frissonnant,
Une bouche sans personne,
Qui hurle pour tous les temps.

J'ai un poème et une cicatrice, voilà pour mon armoire à souvenirs. J'ai pris soin de la cadenasser solidement afin de n'en rien laisser échapper. Mais les cadenas sont fragiles et il est impossible d'oublier une cicatrice lorsque celle-ci fait office de masque que l'on ne peut retirer. De ma lèvre inférieure jusqu'au tréfonds de ma chemise, il y a cette empreinte de l'histoire, cette marque indélébile que je peine à recouvrir de mon écharpe afin d'en épargner la vue à ceux qui croisent ma route. Quant au poème, il m'a peut-être suffi de le raconter à ma manière, de m'éloigner de la violence de ses mots pour mieux pouvoir revenir vers lui et apaiser ces cris qui hurlent en moi depuis ce jour de juin.

REMERCIEMENTS

Lorsque j'ai rencontré David Meulemans, le manuscrit à l'origine de ce roman était au fond d'un tiroir, coincée entre deux mauvais romans, une boîte de doliprane 1000 et deux ou trois disques auxquels je m'étais promis de donner une nouvelle chance. Je remercie David de m'avoir permis de ressortir ce texte et de la confiance qu'il m'a accordée. Merci également à Viviane du Guiny et Julien Delorme. Tous trois, par leurs conseils, leur patience et les mots qu'ils ont su trouver m'ont encouragé à travailler et travailler encore cette étrange matière que je leur avais confiée.

Je remercie les Beatles d'avoir enregistré le Double album blanc, alors que je ne le leur avais même pas demandé.

Merci à Erika. Tous les écrivains devraient avoir une Erika. D'ailleurs, à bien y réfléchir, tous les hommes devraient en avoir une.

Merci à Marie-Laure, chasseuse de tics de langages, lectrice opiniâtre et sans concession. Parfois ça pique un peu, mais c'est bon pour la santé du texte.

Merci à Marie pour sa lecture et ses remarques.

Merci à Ysabelle pour ses années d'encouragement et de soutien.

Le tunnel de sacs-poubelle n'est pas une allégorie de mon travail d'écriture et des rencontres que j'ai faites au cours des années qui ont séparé la première version de ce roman et la version ici publiée. Ces remerciements seraient donc incomplets sans une adresse amicale et reconnaissante à Frédéric Moret, Olivier Salaün, Valérie Millet, Sandrine Duvillier, Marc Villemain et Eric Bonnargent.

Un livre n'existant pas sans lecteur, je remercie tous les libraires qui m'ont encouragé et soutenu depuis mes premières publications. Ils se reconnaîtront et je ne les oublie pas.

Enfin, merci à mon grand-père Jean, né trop près d'Oradour. À travers ce livre, j'espère lui avoir redonné une partie de ce qu'il m'a offert.

Collection Littératures

dirigée par David Meulemans

1 — Charles Marie, *Contretemps*
2 — Jérémy Nabati, *Question de l'être & beauté féminine*
3 — Laurent Crone, *Les anges vous méprisent*
4 — John Polidori, *Le Vampire*
5 — William Morris, *Un rêve de John Ball*
6 — François Esperet, *Larrons*
7 — François Szabowski, *Les majorettes, elles, savent parler d'amour*
8 — Max Buch, *Testament scolastique*
9 — Alexander Key, *Après la vague*
10 — Grace Lumpkin, *Notre règne arrivera*
11 — Thomas Rain Crowe, *Pour les femmes*
12 — François Szabowski, *Les femmes n'aiment pas les hommes qui boivent*
13 — William Morris, *Le Pays creux*
14 — Fernand Bloch-Ladurie, *Georges-Guy Lamotte, le dernier des socialistes*
15 — Amit Chaudhuri, *Les Immortels*
16 — William Morris, *Le Puits au bout du monde, Livre 1 : La Route vers l'amour*
17 — Geoffrey Lachassagne, *Et je me suis caché*
18 — William Morris, *Le Lac aux îles enchantées*
19 — Franz Kafka, *La Muraille de Chine*
20 — François Szabowski, *Il n'y a pas de sparadraps pour les blessures du cœur*
21 — William Morris, *Le Puits au bout du monde, Livre 2 : La Route des dangers*

Achevé d'imprimer en août 2016
sur les presses de la Nouvelle Imprimerie Laballery
58500 Clamecy
Dépôt légal : août 2016 - N° 607380
N° d'édition : 823
Imprimé en France